·阅读，与最好的自己相遇·

茅盾散文精选

茅盾 著

为青少年读者
量身打造的经典读本

长江出版传媒｜崇文书局

图书在版编目（CIP）数据

茅盾散文精选：青少版 / 茅盾著. -- 武汉：崇文
书局，2025. 6. -- ISBN 978-7-5403-8205-6

Ⅰ. I266

中国国家版本馆 CIP 数据核字第 2025EJ8692 号

责任编辑：高　娟
责任校对：侯似虎
责任印制：李佳超

茅盾散文精选：青少版
MAO DUN SANWEN JINGXUAN：QINGSHAOBAN

出版发行：长江出版传媒｜崇文书局
地　　址：武汉市雄楚大街 268 号 C 座 11 层
电　　话：(027)87677133　　邮政编码：430070
印　　刷：武汉市卓源印务有限公司
开　　本：640mm×900mm　1/16
印　　张：11.75
字　　数：110 千
版　　次：2025 年 6 月第 1 版
印　　次：2025 年 6 月第 1 次印刷
定　　价：36.00 元

目录

自然物语

这是虽在北方的风雪的压迫下却保持着倔强挺立的一种树！

哪怕只有碗来粗细罢，它却努力向上发展，

高到丈许，二丈，参天耸立，不折不挠，

对抗着西北风。

白杨礼赞

白杨树实在不是平凡的，我赞美白杨树！

当汽车在望不到边际的高原上奔驰，扑入你的视野的，是黄绿错综的一条大毯子：黄的，那是土，未开垦的处女土，几百万年前由伟大的自然力所堆积成功的黄土高原的外壳；绿的呢，是人类劳力战胜自然的成果，是麦田，和风吹送，翻起了一轮一轮的绿波——这时你会真心佩服昔人所造的两个字"麦浪"，若不是妙手偶得，便确是经过锤炼的语言的精华。黄与绿主宰着，无边无垠，坦荡如砥，这时如果不是宛若并肩的远山的连峰提醒了你（这些山峰凭你的肉眼来判断，就知道是在你脚底下的），你会忘记了汽车是在高原上行驶，这时你涌起来的感想也许是"雄壮"，也许是"伟大"，诸如此类的形容词，然而同时你的眼睛也许觉得有点倦怠，你对当前的的"雄壮"或"伟大"闭了眼，而另一种味儿在你心头潜滋暗长了——"单调"！可不是，单调，有一点儿罢？

然而刹那间，要是你猛抬眼看见了前面远远地有一排，——

不，或者甚至只是三五株，一二株，傲然地耸立，像哨兵似的树木的话，那你的恹恹欲睡的情绪又将如何？我那时是惊奇地叫了一声的！

那就是白杨树，西北极普通的一种树，然而实在不是平凡的一种树！

那是力争上游的一种树，笔直的干，笔直的枝。它的干呢，通常是丈把高，像是加以人工似的，一丈以内，绝无旁枝，它所有的丫枝呢，一律向上，而且紧紧靠拢，也像是加以人工似的，成为一束，绝无横斜逸出；它的宽大的叶子也是片片向上，几乎没有斜生的，更不用说倒垂了；它的皮，光滑而有银色的晕圈，微微泛出淡青色。这是虽在北方的风雪的压迫下却保持着倔强挺立的一种树！哪怕只有碗来粗细罢，它却努力向上发展，高到丈许，二丈，参天耸立，不折不挠，对抗着西北风。

这就是白杨树，西北极普通的一种树，然而绝不是平凡的树！

它没有婆娑的姿态，没有屈曲盘旋的虬枝，也许你要说它不美丽，——如果美是专指"婆娑"或"横斜逸出"之类而言，那么白杨树算不得树中的好女子；但是它却是伟岸，正直，朴质，严肃，也不缺乏温和，更不用提它的坚强不屈与挺拔，它是树中的伟丈夫！当你在积雪初融的高原上走过，看见平坦的大地上傲然挺立这么一株或一排白杨树，难道你觉得树只是树，难道你就不想到它的朴质，严肃，坚强不屈，至少也象征了北方的农民；难道你竟一点也不联想到，在敌后的广大土地上，到处有坚强不屈，就像这白杨树一样傲然挺立的守卫他们家乡的哨兵！难道你又不更远一点想到这样枝枝叶叶靠紧团结，力求上进的白杨树，宛然象征了今天在华北平原纵横决荡用血写出新中国历史的那种精神和意志。

白杨不是平凡的树。它在西北极普遍，不被人重视，就跟北方农民相似；它有极强的生命力，磨折不了，压迫不倒，也跟北方的农民相似。我赞美白杨树，就因为它不但象征了北方的农民，尤其象征了今天我们民族解放斗争中所不可缺的朴质，坚强，以及力求上进的精神。

让那些看不起民众，贱视民众，顽固的倒退的人们去赞美那贵族化的楠木①（那也是直干秀颀的），去鄙视这极常见，极易生长的白杨罢，但是我要高声赞美白杨树！

---

① 贵族化的楠木，作者于一九七八年六月九日致彭守恭信说："贵族化的楠木象征国民党反动派，我写此散文时也是这样想的。"

雾

雾遮没了正对着后窗的一带山峰。

我还不知道这些山峰叫什么名儿。我来此的第一夜就看见那最高的一座山的顶巅像钻石装成的宝冕似的灯火。那时我的房里还没有电灯，每晚上在暗中默坐，凝望这半空的一片光明，使我记起了儿时所读的童话。实在的呢，这排列得很整齐的依稀分为三层的火球，衬着黑魆魆的山峰的背景，无论如何，是会引起非人间的缥缈的思想的。

但在白天看来，却就平凡得很。并排的五六个山峰，差不多高低，就只最西的一峰戴着一簇房子，其余的仅只有树；中间最大的一峰竟还有濯濯地一大块，像是癞子头上的疮疤。

现在那照例的晨雾把什么都遮没了；就是稍远的电线杆也躲得毫无影踪。

渐渐地太阳光从浓雾中钻出来了。那也是可怜的太阳呢！光是那样的淡弱。随后它也躲开，让白茫茫的浓雾吞噬了一切，包围了大地。

我诅咒这抹煞一切的雾！

我自然也讨厌寒风和冰雪。但和雾比较起来，我是宁愿后者呵！寒风和冰雪的天气能够杀人，但也刺激人们活动起来奋斗。雾，雾呀，只使你苦闷，使你颓唐阑珊，像陷在烂泥淖中，满心想挣扎，可是无从着力呢！

傍午的时候，雾变成了牛毛雨，像帘子似的老是挂在窗前。两三丈以外，便只见一片烟云——依然遮抹一切，只不是雾样的罢了。没有风。门前池中的残荷梗时时忽然急剧地动摇起来，接着便有红鲤鱼的活泼泼的跳跃划破了死一样平静的水面。

我不知道红鲤鱼的轨外行动是不是为了不堪沉闷的压迫？在我呢，既然没有呆呆的太阳，便宁愿有疾风大雨，很不耐这愁雾的后身的牛毛雨老是像帘子一样挂在窗前。

虹

　　不知在什么时候，金红色的太阳光已经铺满了北面的一带山峰。但我的窗前依然洒着绵绵的细雨。

　　早先已经听人说过这里的天气不很好。敢就是指这样的一边耀着阳光，一边却落着泥人的细雨？光景是多少像故乡的黄梅时节呀！出太阳，又下雨。

　　但前晚是有过浓霜的了。气温是华氏表四十度。

　　无论如何，太阳光是欢迎的。我坐在南窗下看 N.Evréinoff[①]的剧本。看这本书，已经是第三次了；可是对于那个象征了顾问和援助者，并且另有五个人物代表他的多方面的人格的剧中主人公 Paraclete，我还是不知道应该憎呢或是爱？

　　这不是也很像今天这出太阳又下雨的天气么？

　　我放下书，凝眸遥瞩东面的披着斜阳的金衣的山峰，我的思想

---

① N.Evréinoff，尼·叶夫列伊诺夫（1879—1953），俄国剧作家、戏剧理论家和史学家。

跑得远远的。我觉得这山顶的几簇白房屋就仿佛是中古时代的堡垒；那里面的主人应该是全身裹着铁片的骑士和轻盈婀娜的美人。

欧洲的骑士样的武士，岂不是曾在这里横行过一世？百余年前，这群山环抱的故都，岂不是一定曾有些挥着十八贯的铁棒的壮士？岂不是余风流沫尚像地下泉似的激荡着这个近代化的散文的都市？

低下头去，我浸入于缥缈的沉思中了。

当我再抬头时，咄！分明的一道彩虹划破了蔚蓝的晚空。什么时候它出来，我不知道；但现在它像一座长桥，宛宛地从东面山顶的白房屋后面，跨到北面的一个较高的青翠的山峰。呵，你虹！古代希腊人说你是渡了麦丘立到冥国内索回春之女神，你是美丽的希望的象征！

但虹一样的希望也太使人伤心。

于是我又恍惚看见穿了锁子铠，戴着铁面具的骑士涌现在这半空的彩桥上；他是要找他曾经发过誓矢忠不贰的"贵夫人"呢？还是要扫除人间的不平？抑或他就是狐假虎威的"鹰骑士"？天色渐渐黑下来了，书桌上的电灯突然放光，我从幻想中抽身。

像中世纪骑士那样站在虹的桥上，高揭着什么怪好听的旗号，而实在只是出风头，或竟是待价而沽，这样的新式的骑士，在"新黑暗时代"的今日，大概是不会少有的罢？

红　叶

朋友们说起看红叶，都很高兴。

红叶只是红了的枫叶，原来极平凡，但此间人当作珍奇，所以秋天看红叶竟成为时髦的胜事。如果说春季是樱花的，那么，秋季便该是红叶的了。你不到郊外，只在热闹的马路上走，也随处可以见到这"幸运儿"的红叶：十月中，咖啡馆里早已装饰着人工的枫树，女侍者的粉颊正和蜡纸的透明的假红叶掩映成趣；点心店的大玻璃窗橱中也总有一枝两枝的人造红叶横卧在鹅黄色或是翠绿色的糕饼上；那边如果有一家"秋季大卖出"的商铺，那么，耀眼的红光更会使你的眼睛发花。"幸运儿"的红叶呵，你简直是秋季的时令神。

在微雨的一天，我们十分高兴地到郊外的一处名胜去看红叶。

并不是怎样出奇的山，也不见得有多少高。青翠中点缀着一簇一簇的红光，便是吸引游人的全部风景。山径颇陡峻，幸而有石级；一边是谷，缓缓地流过一道浅涧；到了山顶俯视，这浅涧便像银带子一般晶明。

山顶是一片平场。出奇的是并没有一棵枫树，却只有个卖假红叶的小摊子。一排芦席棚分隔成二十多小间，便是某酒馆的"雅座"，这时差不多快满座了。我们也占据了一间，并没有红叶看，光瞧着对面的绿丛丛的高山峰。

两个喝得满脸通红的游客，挽着臂在泥地上婆娑跳舞，另一个吹口琴，呜呜地响着，听去是"悲哀"的调子。忽而他们都哈哈笑起来；是这样的响，在我们这边也觉得震耳。

芦席棚边有人摆着小摊子卖白泥烧的小圆片，形状很像二寸径的碟子；游客们买来用力掷向天空，这白色的小圆片在青翠色的背景前飞了起来，到不能再高时，便如白燕子似的斜掠下来（这是因为受了风），有时成为波纹，成为弧形，似乎还是簌簌地颤动着，约莫有半分钟，然后失落在谷内的丰草中；也有坠在浅涧里的，那就见银光一闪——你不妨说这便是水的欢迎。

早就下着的雨，现在是渐渐大了。游客们不知在什么时候已经减少了许多。山顶的广场（那就是游览的中心）便显得很寂静，芦棚下的"雅座"里只有猩红的毡子很整齐地躺着，时间大概是午后三时左右。

我们下山时雨已经很大；路旁成堆的落叶此时经了雨濯，便洗出绛红的颜色来，似乎要与那些尚留在枝头的同伴们比一比谁是更"赤"。

　　"到山顶吃饭喝酒，掷白泥的小圆片，然后回去：这便叫作看红叶。谁曾在都市的大街上看见人造红叶的盛况的，总不会料到看红叶原来只是如此这般一回事！"

　　我在路旁拾起几片红叶的时候，忍不住这样想。

樱　花

往常只听人艳说樱花。但要从那些"艳说"中抽绎出樱花的面目，却始终是失败。

我们这一伙中间，只有一位Y君见过而且见惯樱花，但可惜他又不是善于绘声影的李大嫂子，所以几次从他的嘴里也没听出樱花的色相。

门前池畔有一排树。在寒风冻雨中只剩着一身赤裸裸的枝条。它没有梧桐那样的癞皮，也不是桃树的骨相，自然不是枫——因为枫叶照眼红的时候，它已经零落了。它的一身皮，在风雪的严威下也还是光滑而且滋润，有一圈一圈淡灰色的箍纹发亮。

因为记得从没见过这样的树，便假想它莫就是樱花树罢！

终于暖的春又来了。报纸上已有"岚山观花"的广告，马路上电车站旁每见有市外电车的彩绘广告牌，也是以观花为号召。自然这花便是所谓樱花了。天皇定于某日在某宫开"赏樱会"，赐宴多少外宾，多少贵族，多少实业界巨子，多少国会议员，这样的新闻，也接连着登载了几天了。然而我始终还没见到一朵的樱花。据说时间还没有到，报上消息，谓全日本只有东京上野公园内一枝樱花树初初在那里"笑"。

在烟雾样的春雨里，忽然有一天抬头望窗外，蓦地看见池西畔的一枝树开放着一些淡红的丛花了。我要说是"丛花"；因为是这样的密集，而且又没有半张叶子。无疑地这就是樱花。

过了一二天，池畔的一排樱花树都蓓蕾了，首先开花的那一株已经秾艳得像一片云霞。到此时我方才构成了我的樱花概念是：比梅花要大，没有桃花那样红，伞形的密集地一层一层缀满了枝条，并没有绿叶子在旁边衬映。

我似乎有些失望：原来不是怎样出奇的东西，只不过闹哄哄地惹眼罢了。然而又想到如果在青山绿水间夹着一大片樱花林，那该有异样的景象罢！于是又觉得岚山是不能不一去了。

李大嫂子在国内时听过她的朋友周先生夸说岚山如何如何的好。我们也常听得几位说："岚山是可以去去的。"于是在一个上好的晴天，我们都到岚山去了。新京阪急行车里的拥挤增加了我们几分幻想。有许多游客都背着大瓶的酒，摇摇晃晃地在车子里就唱着很像是梦呓又像是悲呻的日本歌。

一片樱花林展开在眼前的时候，似乎也有些兴奋罢？游客是那么多！他们是一堆堆地坐在花下喝酒，唱歌，笑。什么果子皮，空酒瓶，"辨当"①的木片盒，杂乱地丢在他们身旁。太阳光颇有些威力了，黄尘又使人窒息，摩肩撞腿似的走路也不舒服，刚下车来远远地眺望时那一股兴奋就冷却下去了。如果是借花来吸点野外新鲜空气呀，那么，这样满是尘土的空气，未必有什么好处罢？——我忍不住这样想。

山边有宽阔的湖泊一样的水。大大小小的游船也不少。我们雇了一条大的，在指定的水路中来回走了两趟，回程是挨着山脚走，看见有一条小船蜗牛似的贴在山壁的一块突出的岩石下，船里人很悠闲地吹着口琴。烦渴中喝了水那样的快感立刻凝成一句话，在我心头掠过：岚山毕竟还不差，只是何必樱花节呵！

归途中，我的结论是：这秾艳的云霞一片的樱花只宜远观，不堪谛视，很特性地表示着不过是一种东洋货罢了。

---

① 辨当，又译便当，意即盒饭。

黄　昏

海是深绿色的，说不上光滑；排了队的小浪开正步走，数不清有多少，喊着口令"一，二——一"似的，朝喇叭口的海塘来了。挤到沙滩边，啵渐！——队伍解散，喷着忿怒的白沫。然而后一排又赶着扑上来了。

三只五只的白鸥轻轻地掠过，翅膀扑着波浪，——一点一点躁怒起来的波浪。

风在掌号。冲锋号！小波浪跳跃着，每一个像个大眼睛，闪射着金光。满海全是金眼睛，全在跳跃。海塘下空隆空隆地腾起了喊杀。

而这些海的跳跃着的金眼睛重重叠叠一排接一排，一排怒似一排，一排比一排浓溢着血色的赤，连到天边，成为绀金色的一抹。这上头，半轮火红的夕阳！

半边天烧红了，重甸甸地压在夕阳的光头上。

忿怒地挣扎的夕阳似乎在说：

——哦，哦！我已经尽了今天的历史的使命，我已经走完了今天的路程了！现在，现在，是我的休息时间到了，是我的死期到了！哦，哦！却也是我的新生期快开始了！明天，从海的那一头，我将威武地升起来，给你们光明，给你们温暖，给你们快乐！

呼呼。

风带着永远不会死的太阳的宣言到全世界。高的喜马拉雅山的最高峰，汪洋的太平洋，阴郁的古老的小村落，银的白光冻凝了的都市，——一切，一切，夕阳都喷上了一口血焰！

两点三点白鸥划破了渐变为赭色的天空。

风带着夕阳的宣言走了。

像忽然熔化了似的，海的无数跳跃着的金眼睛摊平为暗绿的大面孔。

远处有悲壮的笳声。

夜的黑幕沉重地将落未落。

不知到什么地方去过一次的风，忽然又回来了；这回是打着鼓似的：勃仑仑，勃仑仑！不，不单是风，有雷！风挟着雷声！

海又动荡，波浪跳起来，轰！轰！

在夜的海上，大风雨来了！

雷雨前

　　清早起来，就走到那座小石桥上。摸一摸桥石，竟像还带点热。昨天整天里没有一丝儿风。晚快边响了一阵子干雷，也没有风，这一夜就闷得比白天还厉害。天快亮的时候，这桥上还有两三个人躺着，也许就是他们把这些石头又困得热烘烘。

　　满天里张着个灰色的幔，看不见太阳。然而太阳的威力好像透过了那灰色的幔，直逼着你头顶。

　　河里连一滴水也没有了，河中心的泥土也裂成乌龟壳似的。田里呢，早就像开了无数的小沟，——有两尺多阔的，你能说不像沟么？那些苍白色的泥土，干硬得就跟水门汀差不多。好像它们过了一夜工夫还不曾把白天吸下去的热气吐完，这时它们那些扁长的嘴巴里似乎有白烟一样的东西往上冒。

　　站在桥上的人就同浑身的毛孔全都闭住，心口泛淘淘，像要呕出什么来。

这一天上午，天空老张着那灰色的幔，没有一点点漏洞，也没有动一动。也许幔外边有的是风，但我们罩在这幔里的，把鸡毛从桥头抛下去，也没见它飘飘扬扬蹀方步。就跟住在抽出了空气的大筒里似的，人张开两臂用力行一次深呼吸，可是吸进来只是热辣辣的一股闷气。

汗呢，只管钻出来，钻出来，可是胶水一样，胶得你浑身不爽快，像结了一层壳。

午后三点钟光景，人像快要干死的鱼，张开了一张嘴，忽然天空那灰色的幔裂了一条缝！不折不扣一条缝！像明晃晃的刀口在这幔上划过。然而划过了，幔又合拢，跟没有划过的时候一样，透不进一丝儿风。一会儿，长空一闪，又是那灰色的幔裂了一次缝。然而中什么用？

像有一只巨人的手拿着明晃晃的大刀在外边想挑破那灰色的幔，像是这巨人已在咆哮发怒越来越紧了，一闪一闪满天空瞥过那大刀的光亮，隆隆隆，幔外边来了巨人的愤怒的吼声！

猛可地闪光和吼声都没有了，还是一张密不通风的灰色的幔！

空气比以前加倍闷！那幔比以前加倍厚！天加倍黑！

你会猜想这时那幔外边的巨人在揩着汗，歇一口气；你断得定他还要进攻。你焦躁地等着，等着那挑破灰色幔的大刀的一闪电光，那隆隆隆的怒吼声。

可是你等着，等着，却等来了苍蝇。它们从龌龊的地方飞出来，嗡嗡嗡的，绕住你，叮你的涂一层胶似的皮肤。戴红顶子像个大员模样的金苍蝇刚从粪坑里吃饱了来，专拣你的鼻子尖上蹲。

也等来了蚊子。哼哼哼地，像老和尚念经，或者老秀才读古文。苍蝇给你传染病，蚊子却老实要喝你的血呢！

你跳起来拿着蒲扇乱扑，可是赶走了这一边的，那一边又是一大群乘隙进攻。你大声叫喊，它们只回答你个哼哼哼，嗡嗡嗡！

外边树梢头的蝉儿却在那里唱高调："要死哟！要死哟！"

你汗也流尽了，嘴里干得像烧，你手里也软了，你会觉得世界末日也不会比这再坏！

然而猛可地电光一闪，照得屋角里都雪亮。幔外边的巨人一下子把那灰色的幔扯得粉碎了！轰隆隆，轰隆隆，他胜利地叫着。胡——胡——挡在幔外边整整两天的风开足了超高速度扑来了！蝉儿噤声，苍蝇逃走，蚊子躲起来，人身上像剥落了一层壳那么一爽。

霍！霍！霍！巨人的刀光在长空飞舞。

轰隆隆，轰隆隆，再急些！再响些吧！

让大雷雨冲洗出个干净清凉的世界！

童年的宝藏

发明这"天窗"的大人们，是应得感谢的。

因为活泼会想的孩子们会知道怎样从"无"中看出"有"，

从"虚"中看出"实"，

比任凭他看到的更真切，更阔达，更复杂，更确实！

天　窗

　　乡下的房子只有前面一排木板窗。暖和的晴天，木板窗扇扇开直，光线和空气都有了。

　　碰着大风大雨，或者北风虎虎地叫的冬天，木板窗只好关起来，屋子里就黑的地洞里似的。

　　于是乡下人在屋面开一个小方洞，装一块玻璃，叫作天窗。

　　夏天阵雨来了时，孩子们顶喜欢在雨里跑跳，仰着脸看闪电，然而大人们偏就不许，"到屋里来呀！"孩子们跟着木板窗的关闭也就被关在地洞似的屋里了；这时候，小小的天窗是唯一的慰藉。

　　从那小小的玻璃，你会看见雨脚在那里卜落卜落跳，你会看见带子似的闪电一瞥；你想象到这雨，这风，这雷，这电，怎样猛厉地扫荡了这世界，你想象它们的威力比你在露天真实感到的要大这么十倍百倍。小小的天窗会使你的想象锐利起来！

　　晚上，当你被逼着上床去"休息"的时候，也许你还忘不了月光下的草地河滩，你偷偷地从帐子里伸出头来，你仰起了脸，这时候，小小的天窗又是你唯一的慰藉！

　　你会从那小玻璃上面的一粒星，一朵云，想象到无数闪闪烁烁可爱的星，无数像山似的，马似的，巨人似的，奇幻的云彩；你会从那小玻璃上面掠过的一条黑影想象到这也许是灰色的蝙蝠，也许是会唱的夜莺，也许是恶霸似的猫头鹰，——总之，美丽的神奇的夜的世界的一切，立刻会在你的想象中展开。

　　啊唷唷！这小小一方的空白是神奇的！它会使你看见了若不是有了它你就想不起来的宇宙的秘密；它会使你想到了若不是有了它你就永远不会联想到的种种事件！

　　发明这"天窗"的大人们，是应得感谢的。因为活泼会想的孩子们会知道怎样从"无"中看出"有"，从"虚"中看出"实"，比任凭他看到的更真切，更阔达，更复杂，更确实！

卖豆腐的哨子

　　早上醒来的时候，听得卖豆腐的哨子在窗外呜呜地吹。

　　每次这哨子声引起了我不少的怅惘。并不是它那低叹暗泣似的声调在诱发我的漂泊者的乡愁；不是呢，像我这样的的outcast，没有了故乡，也没有了祖国，所谓"乡愁"之类的优雅的情绪，轻易不会兜上我的心头。

　　也不是它那类乎军笳然而已颇小规模的悲壮的颤音，使我联想到另一方面的烟云似的过去；也不是呢，过去的，只留下淡淡的一道痕，早已为现实的严肃和未来的闪光所掩煞所销毁。

　　所以我这怅惘是难言的。然而每次我听到这呜呜的声音，我总抑不住胸间那股回荡起伏的怅惘的滋味。

　　昨夜我在夜市上，也感到了同样酸辣的滋味。

　　每次我到夜市，看见那些用一张席片挡住了潮湿的泥土，就这么着货物和人一同挤在上面，冒着寒风在嚷嚷然叫卖的衣衫褴褛的小贩子，我总是感得了说不出的怅惘的心情。说是在怜悯他们么？

我知道怜悯是亵渎的。那么，说是在同情于他们罢？我又觉得太轻。我心底里钦佩他们那种求生存的忠实的手段和态度，然而，亦未始不以为那是太拙笨。我从他们那雄辩似的"夸卖"声中感得了他们的心的哀诉。我仿佛看见他们呼出的热气在天空中凝集为一片灰色的云。

可是他们没有呜呜的哨子。没有这像是闷在瓮中，像是透过了重压而挣扎出来的地下的声音，作为他们的生活的象征。

呜呜的声音震破了冻凝的空气在我窗前过去了。我倾耳静听，我似乎已经从这单调的呜呜中读出了无数文字。

我猛然推开幛子，遥望屋后的天空。我看见了些什么呢？我只看见满天白茫茫的愁雾。

戽　水

就说起A村罢。这是个二三十人家的小村。南方江浙的"天堂"区域照例很少（简直可以说没有）百来份人家以上的大村。可是A村的人出门半里远，——这就是说，绕过一条小"浜"，或者穿过五六亩大的一爿田，或是经过一两个坟地，他就到了另一个同样的小村。假如你同意的话，我们就叫它B村。假如B村的地位在A村东边，那么西边，南边，北边，还有C村，D村，E村等等，都是十来分钟就可以走到的，用一句文言，就是"鸡犬之声相闻"。

可是我们现在到这一群小村里，却听不到鸡犬之声。狗这种东西，喜欢吃点儿荤腥；最不摆架子的狗也得吃白饭拌肉骨头。枯叶或是青草之类，狗们是不屑一嗅的。两年多前，这一带村庄里的狗早就挨不过那种清苦生活，另找主人去了。这也是它们聪明见机。要不，饿肚子的村里人会杀了它们来当一顿的。

至于鸡呢，有的；春末夏初，稻场上啾啾啾地乱跑，全不过拳头大小，浑身还是绒毛，可是已经会用爪子爬泥，找出小虫儿来充饥。然而等不到它们"喔喔"啼的时候，村里人就带它们上镇里去换钱来买米。人可不像鸡，靠泥里的小虫子是活不了的。所以近年来这一带的村庄里，永远只见啾啾啾的小鸡，没有邻村听得到的喔喔高啼的大鸡。

这一带村庄，现在到处是水车的声音。

A村和B村中间隔着一条小河。从"端阳"那时候起，小河的两岸就排满了水车，远望去活像一条蜈蚣。这长长的水车的行列，不分昼夜，在那里咕噜咕噜地叫。而这叫声，又可以分做三个不同的时期：

最初那五六天，水车就像精壮的小伙子似的，它那"杭育，杭育"的喊声里带点儿轻松的笑意。水车的尾巴浸着浅绿色的河水，辘辘地从上滚下去的叶子板咯咯地憨笑似的一边跟小河亲一下嘴，一边就喝了满满的一口，即刻又辘辘辘地上去，高兴得嘻嘻哈哈地把水吐了出来，马上又辘辘地再滚了下去。小河也温柔地微笑，河面漾满了一圈一圈的笑涡。

然而小河也渐渐瘦了。水车的尾巴接长了一节，它也不像个精壮的小伙子，却像个瘦长的痨病鬼了。叶子板很费力似的喀喀地滚响，滚到这瘦的小河里，抢夺了半口水，有时半口还不到，再喀喀地挣扎着上来，没有到顶，（这里是水车的嘴巴），太阳已经把带泥的板边晒成灰白色了。小河也是满脸土色，再也笑不出来，却吐着叹息的泡沫。

这样过了两天，水车的尾巴就不得不再接长一节。可是，像一个支气管炎的老头子，它咳得那么响，却是干咳。叶子板因为是三节，滚得更加慢，更加吃力，轧轧的响声也是干燥的，听了叫人牙齿发酸。水车上的人，半点钟换一班。他们汗也流完了，腿也麻木了，用了可惊的坚强的意志，要从这干瘪的小河榨出些浓痰似的泥浆来！轧轧轧，喀喀喀，远远近近的无数水车愤怒地悲哀地喊着。

这样又是一天，小河像逃走了似的从地面上隐去。河心里的泥开始起皱纹，像老年人的脸；水车也都噤口，满身污泥，一排一排，朝着满天星斗的夏天的夜。

稻场上，这时例外地人声杂乱。A村和B村的人在商量一个新的办法。那条小河的西头，是一个小小的浜，那已是C村的地界。靠着浜边，是C村人的桑地，倘使在这一片桑地上开一道沟出去，就可以把外边塘河里的水引到浜里，再引到小河里。

从浜到塘河，路倒不远，半里的一小半；为难的，这是一片桑地，而且是C村人的。然而要得水，只有这一条路呀！A村和B村的人就决定去跟那片桑地的主人们商量，借这么三四尺阔的地面开一道沟出来；要是坏了桑树，他们两村的人照样赔还。

他们的可惊的坚强的意志终于把这道沟开成了。然而塘河里的水也浅得多了，不用人工，不会流到那新开成的沟。这当儿，农民的可惊的坚强的意志再来一次表现。A村和B村的人下了个总动员！
新开沟跟塘河接头那地方立刻挖起一口四五丈见方的蓄水池来，沿
那池口，排得紧紧的，是七八架水车，都是三节的尾巴，像有力的
长臂膊，伸到河心水深的地点，车上全是拼命的壮丁，发疯似的踏
着，叶子板泪泪地狂叫！这是人们对旱天的最后的决战！

　　蓄水池满了，那灰绿色的浑水澌澌地流进那四尺多阔的沟口，
倒好像很急似的；然而进了沟就一点一点慢下来了，终于通过了那
不算短的沟，到了浜，再到了那小河的干枯的河床，那水就看不出
是在流，倒好像从泥里渗出来似的。小河两岸的水车头，这时早又
站好了人，眼望着河心。有几个小孩在河滩上跑来跑去，不时大声
报告道："水满一点了！""一个手指头那么深了！"忽然一声胡
哨，像是预定的号令，水车头那些人都应着发声喊，无数的脚都动
了，水车急响着枯枯枯的干燥的叫号。但是水车的最下的一个叶子
板刚刚能够舐着水，却不能喝起水来，——一小半口也不行。叶子
板滚了一转，湿漉漉的，可是庥不起水！

　　"叫他们外边塘河边的人再用点劲呀！"有人这么喊着。这喊
声，一递一递传过去，驿马似的报到塘河上。"用劲呀！"塘河上
那七八架水车上的人齐声叫了一下。他们的酸重的腿儿一齐绞出最
后的力气，他们脸上的肌肉绷紧到起棱了。蓄水池泼剌剌泼剌剌地
翻滚着白色的水花。从池灌进沟口的水哗哗地发叫。然而通过了那
沟，到得小河时，那水又是死洋洋没点气势了。小河里的水是在多

起来，然而是要用了最精密的仪器才能知道它半点钟内究竟多起了若干。河中心那一泓水始终不能有两个指头那么深！

因为水通过那半里的一小半那条沟的时候，至少有一小半是被沿路的太干燥的泥土截留去了。因为那个干了的小浜也有半亩田那么大，也是燥渴得不肯放水白白过去的呀！

天快黑的时候，小河两岸跟塘河边的水车又一齐停止了。A村和B村的人板着青里泛紫的面孔，瞪出了火红的眼睛，大家对看着，说不出话。C村的人望望自己田里，又望望那塘河，也是一脸的忧愁。他们懂得很明白：虽然他们的田靠近塘河地位好，可是再过几天，塘河的水也戽不上来了，他们跟A村B村的人还不是一样完了么？

于是在明亮的星光下，A村和B村的人再聚在稻场上商量的时候，C村的人也加入了。有一点是大家都明白的：尽管他们三村的人联合一致，可是单靠那简陋的旧式水车，无论如何救不活他们的稻。"算算要多少钱，雇一架洋水车？"终于耐不住，大家都这么说了。大家早已有这一策放在心里，——做梦做到那怪可爱的洋水车，也不止一次了，然而直到此时方才说出来，就因为雇用洋水车得花钱，而且价钱不小。照往年的规矩说，洋水车灌满五六亩大的一片田要三块到四块的大洋。村里人谁也出不起这大的价钱。但现在是"火烧眉毛"，只要洋水车肯做赊账，将来怎样挖肉补疮地去还这笔债，只好暂且不管。

　　塘河上不时有洋水车经过，要找它不难。趁晚上好亮的星光，就派了人去守候罢。几个精力特别好，铁一样的小伙子，都在稻场上等候消息。他们躺在泥地上，有一搭没一搭地闲谈。他们从洋水车谈到镇上的事。正谈着镇上要"打醮①求雨"，塘河上守候洋水车的人们回来了。这里躺着的几位不约而同跳了起来问道："守着了么？什么价钱？"

　　"他妈妈的！不肯照老规矩了。说是要照钟点算。三块钱一点钟，田里满不满，他们不管。还要一半的现钱！"

　　"呀，呀，呀，该死的没良心的，趁火打劫来了！"

　　大家都叫起来。他们自然懂得洋水车上的人为什么要照钟点算。在这大旱天把塘河里的水老远地抽到田里，要把田灌足，自然比往年难些，——不，洋水车会比往年少赚几个钱，所以换章程要照钟点算！

　　洋水车也许能救旱，可是这样的好东西，村里人没"福"消受。

　　又过了五六天，这一带村庄的水车全变做哑子了。小港里全已干成石硬，大的塘河也瘦小到只剩三四尺阔，稍为大一点儿的船就过不去了。这时候，村里人就被强迫着在稻场上"偷懒"。

　　他们法子都想尽了，现在他们只有把倔强求生的意志换一个方

————————————

① 打醮，设坛祭祷，以求福消灾的一种宗教仪式。

面去发泄。大约静默了三天以后，这一带村庄里忽然喧嗔着另一种声音了；这是锣鼓，这是呐喊。开头是A村和C村的人把塘河东边桥头小庙里的土地神像（这是一座不能移动的泥像，但村里人立意要动它，有什么办不到！）抬出来在村里走了一转，没有香烛，也没有人磕头（老太婆磕头磕到一半，就被喝住了），村里人敲着锣鼓，发狂似的呐喊，拖着那位土地老爷在干裂的田里走，末了，就把神像放在田里，在火样的太阳底下。"你也尝尝这滋味罢！"村里人潮水一样地叫喊。

第二天，待在田里的土地老爷就有了伴。B村E村以及别的邻村都去把他们小庙里的泥像抬出来要他们"尝尝滋味"了，土地老爷抬完了以后，这一带五六个村庄就联合起来，把三五里路外什么庙里的大小神像全都抬出来"游街"，全放在田里跟土地做伴。"不下雨，不抬你们回去！"村里人威胁似的说。

泥像在毒太阳下面晒起了裂纹，泥的袍褂一片一片掉下来。敲着锣鼓的村里人见了，就很痛快似的发喊。"神"不能给他们"风调雨顺"，"神"不能做得像个"神"的时候，他们对于"神"的报复是可怕的！

告示贴在空的土地庙的墙上。村里人也不管告示上说的是什么话。他们的可惊的坚强的意志这时只注定了一点：责罚那些不管事的土地老爷。说是"迷信"，原也算得迷信，可是跟城里人的打醮求雨意味各别！村里人跟旱天奋斗了一个月积下来的一腔怒气现在

都呵在那些"神"的身上了，要不是无水可屑，他们绝不会想到抬
出"土地"来，——他们也没有这闲工夫；而在他们既已责罚了
"神"以后，他们那一腔怒气又要换一方面去发泄了。不过这是后
事，不在话下。

我的小学时代

　　大约是民国前八九年罢，我的故乡×镇开始有小学。我就是这小学的第一班学生。

　　比这小学略早，×镇又有一个非中非小的"中西学校"。据说开办的时候，课程就只有中西两门——半日读《东莱博议》[①]之类的书，半日读英文。后来，那位英文教员因为自己也懂得一点笔算，便提议加一门算学，于是直到现在还是中学校里三个权威的"国、英、算"，名义上是齐全了。"中西学校"第二个半年开始时，加聘了一位算学教员，可巧他又懂得物理和化学，于是课程上又多了两门。但是，我所进的×镇第一个小学却是一开头就排定了整整齐齐的课程：修身、国文、历史、地理、算学、体操。没有音乐，因为那时候连"中西学校"也还没有音乐。那时小学校的学费差不多等于零，然而教科书和石板、石笔之类，到底比《千字文》《花夜

[①]《东莱博议》，宋代吕祖谦（1137—1181）著，是取《左传》中史事加以评论的文集。

记》，乃至《大学》《中庸》贵些罢，所以有的家长还是不让他的子弟进小学。开学那天，居然有五六十学生，那就幸赖校长是一乡人望，能够号召；另一原因是校址在人烟稠密的市中心。

无所谓入学试验，学生按年龄分班，大些的进甲班，小的进乙班；甲、乙班的课程实在差不多，除了修身一门。我还依稀记得，甲班的修身是读《论语》，而乙班的却是文明书局出版的《修身教科书》。上课一星期以后，甲、乙班的学生又互有调动，我被编进甲班里去了。

教员只有两位，各教一班。甲班的教员不是本镇人，大家都说他"新学"确有根基；这是说他的算学好，而那时小学的课程能使一位教员表示他真懂"新学"的，恐怕也只有算学这一门。我的父亲是酷嗜算学的，曾经自修到微积分，那时他卧病在床已经两年了，还常常托人去买了新出的算学书来，要母亲翻开了竖着给他读，——因为他患的是"骨痨"，手活动不便。他见我转进了甲班，很高兴，为的是得了好的先生；但我倒担心，我对于算学已是惊弓之鸟，未进这小学的时候，曾受学于父亲，可是，你想，他卧病在床，连手也不大能动，单靠口说，叫我怎么弄得懂？父亲因此常常纳闷：为什么我于算学那样的"不近"。

甲班的先生，手是能够动的，能够用粉笔将复位乘法的过程在黑板上演算出来，并且教得又慢，所以我也慢慢地"近"起来了。同时，我也亲自体验了为什么人家说甲班先生的"新学"有根；因为他写阿拉伯数目字实在比乙班先生熟练得多。乙班先生写那8字始终是一对连接的圈子，这是他读"文章"打双圈时弄熟了的一手。

进这小学以前，我读过家塾，也读过私塾；念过《三字经》后，父亲就给我读"新学"了，那是从《正蒙必读》的《天文歌诀》节录出来的《天文歌略》。那时父亲还没病倒，他每天亲自节录四句，要我读熟，他说："慢慢地加上去，到一天十句为止。"可是我却慢慢地缩下来，每天读熟两句也还勉强。这一件事，也曾惹起父亲十分的烦恼。

这使得我那时幼稚的头脑对于所谓"新学"者，既害怕而又憎恶。同时却又使我对于我所进的小学发生好感，因为这里的课程都比《天文歌略》容易记，也有兴味，即使是《论语》罢，孔子和弟子们的谈话无论如何总比天上的星座多点人间味。

但《论语》只是"修身"，作为国文课本的，却是新编的《文学初阶》和《速通虚字法》。——乡下人称为"洋书"者是。这两本书都有图画，尤其是《速通虚字法》的插图，大大使我爱好。我现在回想起来，觉得《速通虚字法》的编者和画者，实在是了不起的儿童心理学家；它的例句都能形象化，并且有鲜明的色彩。例如用"虎猛于马"这一句来说明"于"字的一种用法，同时那插图就是一只咆哮的老虎和一匹正在逃避的马；又如解释"更"字，用"此山高，彼山更高"这么一句，插图便是两座山头，一高一低，中间有两人在那里指手画脚，仰头赞叹。

《速通虚字法》帮助我造句，也帮助我能够读浅近的文言，更引起了我对于图画的兴味。我家屋后的堆破烂东西的平屋里，有不知属于哪一位叔曾祖的一板箱旧小说——当时称之为"闲书"，都是印刷极坏的木板书，虽有"绣像"，实在不合我的脾胃。画手和刻手都太拙劣，倒在其次；主要的原因是其中的人物都是"古衣冠"，而表情也和我们活人不同。可是这板箱里还有几十张石印的极工细的"平定髪逆"的宣传画。这大概是我的曾祖在汉口寄回来的。这里的人物全是现代衣冠了，而且有兵、有大炮，有大刀队、钢叉队，非常热闹。我找得以后，高兴极了，但微感失望的，是重复太多，几十张只有五六种名目，再则，上面虽有文字说明，可又深奥，读不懂。

木板的"闲书"中就有《西游记》。因为早就听母亲讲过《西游记》中间的片断的故事，这书名是熟悉的，可惜是烂木板，有些地方连行款都模糊成一片黑影。但也拣可看的看下去。不久，父亲也知道我在偷看"闲书"了，他说："看看闲书也可把'文理看通'。"就叫母亲把一部石印的《后西游记》给我看，为什么给《后西游记》呢？父亲的用意是如此：为了使得国文长进，小孩子想看"闲书"也在所不禁，然而倘是有精致的插图的"闲书"，那么小孩子一定没有耐心从头看下去，却只拣插图有趣的一回来看了，这是看图而非看书，所以不行。那部石印的《后西游记》是没有插图的。

　　那时小学校每月有考试。单试国文一题，可是郑重其事地要出榜，而且前几名还有奖赏，无非是铅笔之类。暑假年假大考自然也有奖赏，那就丰厚一点，笔墨等文具之外，也有书，——下学期用的教科书。可是有一次却奖赏了两本童话：《无猫国》和《大拇指》，我于是知道有专给小孩子看的"闲书"。不过我那时因为已经看了《西游记》《三国演义》等等旧小说，习惯于大人的事情，对于《无猫国》之类并不怎样感到兴趣。这两本童话就送给了弟弟，他看着书中的图画，母亲讲给他听。

　　每星期一篇作文。题目老是史论。教员在黑板上写好了题目，一定要讲解几句，指示怎样立论，——有时还暗示着怎样从古事论到时事。当然不会怎样具体的，我们也似懂非懂；但我们都要争分数，先生既然说过应该带到现在，我们怎肯不带呢？结果就常常用一句公式的话来收梢："后之为（××）者可不×乎？"这一个公式实在是万应灵符，因为上半句"为"字下边可以填"人主""人父""人友""将帅"……什么都行，而下半句"不"字之下也可以随便配上"慎""戒""惧""勉"等等。

　　说来有点好笑，那时我们中间最大的不过十五六岁，小的十一二，照年龄而言，都还不是老气横秋地论古评今的时期，然而每星期一篇的史论把我们变成早熟，可又实在没有论古道今的知识和见解（先生也知道，所以出了题目一定要讲解），"硬地上掘鳝"，就弄出一套公式来了。这一套公式是三段的：第一，将题中的人或事叙述几句，第二，论断带感慨，第三就是上面说过的那一道万应灵符来收梢。这样的作文每星期一次，倘要说于我们有什么好处，那至多亦不过很肤浅地弄熟一点史实，以及练习练习之乎者也的摆布罢了。对于思想的发展，毫无帮助。可是我现在想来，当时那位先生老叫我们做史论，也有他的用意；他是想叫学生留心国家大事。他自己是"新派"，颇有点政治思想。

最可怪的，我们弄惯了史论那一套公式，有时先生例外出个非史论的作文题，例如游××记之类，我们倒有点感到手足无措了。

两年以后，我就做了这小学的第一班毕业生。时在冬季。离这半年前，我的父亲故世。他卧病三年，肌肉落尽，那年夏天极热，他就像干了膏油的一盏灯，奄奄长瞑了。那年春天，他已自知不起，叫我搬出他的书籍和算草来整理；有几十本《新民丛报》①，几套《格致汇编》②，还有一本《仁学》③，他吩咐特别包起来，说："不久你也许能看了。"特别是那本《仁学》，他叮嘱我将来不可不读。他似乎很敬重这位"晚清思想界的慧星"谭嗣同先生。那时我曾把《仁学》翻了一下，可是不懂。

小学毕业那年，"中西学校"也迁到镇里来了（本来在市

---

① 《新民丛报》，辛亥革命前资产阶级改良派的重要刊物，梁启超主编。一九〇二年创刊于日本横滨，一九〇七年冬停刊，共出九十六期。
② 《格致汇编》，清末在上海出版的包括物理、化学和博物等学科的科普读物。
③ 《仁学》，谭嗣同（1865—1898）的哲学著作，共二卷。

外），并且改名为高等小学校，我就进了这学校的三年级。但虽然名为高等小学校，最高年级（五年级，那时中间空一级，没有四年级的学生）却有几何、代数；英文读《纳氏文法》第三本。几何的课本是《形学备旨》，这是开天辟地那位教几何的先生选定的课本，后来那先生走了，这课本却传了代，直到后来我学的也还是这一本有光纸印的厚厚的线装的老家伙。

我的中学生时代及其后

时常这么想：如果我现在又是个中学生，够多么快活！我时常希望在梦中我居然又是中学生：我居然又可以整天跑、嚷、打架，到晚上睡在硬板铺上丝毫不感困难地便打起鼾来；居然又可以熬整夜预备大考，把大捆的讲义都强记着，然后又在考试过后忘记得精光；居然又可以坐在天桥上和同学们毫无顾忌地谈自己的野心，幼稚地然而赤诚地月旦人物。呵呵！热烈愉快的中学生时代！前程远大的中学生时代！在那时，如果有谁不觉得整个世界是他的，那他一定不是好中学生，我敢说！

然而我始终未尝在梦中再为中学生，甚至中学时代的同学也不曾梦见半个。不过是十多年呢，然而抵得过一百年的沧桑多变的这十多年，已经去的远远，已经不能再到梦中来使我畅笑，使我痛哭，使我自负到一定要吞下整个世界！

是的，吞下整个世界！是中学生，一定得有这个气魄！有一个挨得起饿，受得起冻，经得起跌打的身体，有一个不怕风吹，不会失眠，不知道什么叫作晕眩的脑袋，还有，二三十年大好的光阴，原封不动地叠在他前面，他自己将来的一切，社会将来的一切，人类将来的一切，都操在他手里，都等待他去努力创造，他怎么可以自己菲薄？

遇到了年青的朋友时，我总喜欢听他们谈他们的中学生生活。听到了他们这时代所特有的斗争生活的紧张和快活，我常常为之神往；再听到了他们这时代所特有的青年的苦闷，我又常常为之兴奋而惆怅。不错，现代的青年，尤其是前程远大的宝贝的中学生，都不免有些苦闷，都曾经有过一度的苦闷；始终不感得此苦闷者，若非"超人"，便是浑浑噩噩的傻瓜。超人非此世所有，因而只有好中学生才会有苦闷，有一时的苦闷罢？这是我们当此受难时代所不得不经过的"洗礼"呀！时代的特征就是每一个有造化的青年必得经过一度苦闷。应该欢迎这苦闷，然后再战胜这苦闷，十分元气地要吞下全世界似的向前向前，干着干着，创造你自己将来的一切，社会将来的一切，和人类将来的一切罢！

斗争的生活使你干练，苦闷的煎熬使你醇化；这是时代要造成青年为能担负历史使命的两件法宝。

在我的中学生时代，却没有福气来身受这两件法宝的熏陶。相差不过十多年呀，然而我的中学生时代是灰色的平凡的，只把人煨成了恂恂小丈夫的气度。在我的中学生时代，没有发生过一件事情使我现在回想起来还感受着兴奋和震荡。也许就是为此我始终不再梦见我的中学生时代了。

我的中学生时代是灰色的，平凡的；没有现在的那许多问题要求我们用脑力思考，也没有现在的那许多斗争来磨炼我们的机智胆略。学校生活的最大的浪花是把年青的美貌的一年级同学称为 Face 而争着和他做朋友，争着诌七言的歪诗来赞颂他，或是嘲笑那些角逐中的对方。我经历过三个中学校，浙西三府的三个中学校，我的最可宝贵的中学生时代也就在这样灰色的空气中滑了过去。如果一定要找出这三个中学校曾经给与我些什么，现在心痛地回想起来，是这些个：书不读秦汉以下，骈文是文章之正宗；诗要学建安七子；写信拟六朝人的小札；举止要风流潇洒；气度要清华疏旷……当时固然没有现在那些新杂志新书报，即使也有一二种那时所谓新的，我们也视为俗物，说它文章不通，字非古义。在大考时一夜的"抱佛脚"中，我们知道了欧洲有哪些国，哪些战争，和中国有哪些条约，有所谓法国大革命，拿破仑，普法战争，日俄战争，然而我们照例是过了大考就丢在脑后去了。世间有所谓社会科学，我们不知道，且也不愿意去知道。是在这样的畸形闭塞的空气中，我度过了我的中学生生活，这结果使我现在只能坐在这里写文章，过所谓"文士生涯"。

那时我们亦无所谓"苦闷"。苦闷的人是有福的，因为这是思想展开到某种程度的征象。因为通过了这一时期的苦闷，他的思想就会得确定，他将无往而不勇敢，而不愉快。我们的中学时代却只有浑噩，至多不过时或牢骚，一种学来的牢骚：太息于前辈风流不可再见，叔季之世无由复闻"正始之音"那种无聊的非青年人所宜有的牢骚。

中学毕业的上一年，"辛亥革命"来了。住在沪杭铁路中段，每天可以接读上海报纸的中学生的我们，大概也有些兴奋罢？大概有一点。因为我们也时常到车站上买旅客手里带着的上海报，并且都革去了辫子了。然而这兴奋既无明确的意识的内容，并且也消灭得很快。第一个阳历元旦，在府学明伦堂上开了什么市民大会一类的东西，有一位，本来是我们这中学的校长且又是老革命党而又新任什么军政分府，演说"采用阳历的便利"；那天会里，这是唯一的演说。现在我还依稀记得的，是他拿拳头上指骨的凸出处来说明阳历各月的月大月小。如果说我在中学校曾经得了些新知识，那恐怕只有这一件事罢？

后来我又进过北方某大学，读完了三年预科，我还是我，除了多吃些北方的沙土，并没新得些什么，于是我也就厌倦了学校生活了。

现在，三十许的我，在感到身体衰弱的时候，在热血涂涌依然有吞下整个世界的狂气的时候，每每要遗恨到我的中学生时代的太灰色太平凡了。我总觉得我的太平凡太灰色的中学生时代使得我的感情理智以及才能，没有平衡的发展，只成了不完具的畸形的现在的我。时代不让我的青年时代，最可宝贵的中学生时代，在斗争的兴奋和苦闷的熬炼中过去，不让我有永远可以兴奋地回忆着的青年时代的生活的浪花，这也许就是所谓早生者的不幸罢？

这也就是为什么我时时有这样的感想：如果我现在又是中学生，够多么快活！好像是一个失败的围棋手，在深切地认知了过去的种种"失著"以后，总想要再来一局，而又况我的过去的"失著"都好像罪不由己，都好像是早生几年者该得的责罚似的。

相差不过十多年呢，然而在现今这大变化的时代做中学生是幸福的！各种的思潮都在你面前摊开，任由你凭着良心去选择，很不像我的中学生时代只能听到些"书不读秦汉以下"一类的话语。学校生活不复是读死书，不复是无聊到仅仅在一年级新生中间发见Face，而是紧张的不断地有斗争，还是社会的活动。这些，多么能够发展你的才具，充实你的生活！历史的大轮子正在加速度转进，全世界的人类正在唱着伟大的进行曲，你们，现代的中学生，躬逢其盛地正好把年富力强的数十年光阴贡献给社会给人类！历史需要着成千成万的中学生青年来完成光荣的使命！谁觉得出了中学校的大门便没有路走，那他不是傻瓜便是软骨头！

历史的悲壮剧的展开是数百年而始得一见的，青春，中学生时代，人生也只有一次；正在青春而又正在前程无穷的中学生时代，而又躬逢数百年一见的历史的悲壮剧的展开，而或又更幸而未生在富贵家庭被捧在掌里含在嘴里做活宝贝，这真是十全的"八字"，应该不要辜负，应该不要自暴自弃，应该比什么人都兴高采烈些！

　　只有不幸而生于富厚之家被捧在掌里含在嘴里做活宝贝烘软了骨头的现代青年，才是很不幸地只配在历史的大轮子下被碾成肉泥！

　　这样的不幸儿是可怜的，他没有自由的身体，他没有选择他的生活的自由，他就不配有吞下整个世界的豪气。

　　我很庆幸我没有被捧在掌里含在嘴里当作过活宝贝，所以虽然我的中学时代是那样的灰色平凡，从那样的陈腐闭塞几乎将我拖进了几千年的古坟里去，可是历史的壮潮依然卷我而去，现在我还坐在此间写这篇文字。但是我依然羡慕着现今为中学生的幸而不被捧在掌里含在嘴里当作活宝贝的年青的朋友。呵呵！尚在中学校或将出中学校的年青的朋友呀，不要以为你是一个小小的中学生看着那庞大混杂的社会而自惭形秽，不是这么的，正因为你是个寒苦的中学生，你的骨头尚未为富贵利禄所熏软，你有好身体，你有坚强的意志，你肯干，你是无敌的，你刚在入世，你有年富力强的二三十年好光阴由你自己支配，你自己将来的一切，社会将来的一切，人类将来的一切，都操在你手里，都等待你去努力创造呢！

　　自然在你创造的途中有些困难等着你，但是你总不至于忘记了"不遇盘根错节，无以见利器"的古语；也许你在创造的途中丧失你个体的存在，但是你总可以想见富家的公子常常会碰到绑匪，或者是吃得太多送了性命！

　　三十年代照例是新历史的展开期，前程远大的，什么都足以骄人的中学生呀，新时代在唱着进行曲欢迎你，欢迎你！

冬　天

　　诗人们对于四季的感想大概颇不同罢。一般的说来，则为"游春""消夏""悲秋"，——冬呢，我可想不出适当的字眼来了，总之，诗人们对于"冬"好像不大怀好感，于"秋"则已"悲"了，更何况"秋"后的"冬"！

　　所以诗人在冬夜，只合围炉话旧，这就有点近于"蛰伏"了。幸而冬天有雪，给诗人们添了诗料。甚而至于踏雪寻梅，此时的诗人俨然又是活动家。不过梅花开放的时候，其实"冬"已过完，早又是"春"了。

　　我不是诗人，对于一年四季无所偏憎。但寒暑数十易而后，我也渐渐辨出了四季的味道。我就觉得冬天的味儿好像特别耐咀嚼。

　　因为冬天曾经在三个不同的时期给我三种不同的印象。

　　十一二岁的时候，我觉得冬天是又好又不好。大人们定要我穿了许多衣服，弄得我动作迟笨，这是我不满意冬天的地方。然而野外的茅草都已枯黄，正好"放野火"，我又得感谢"冬"了。

在都市里生长的孩子是可怜的，他们只看见灰色的马路，从没见过整片的一望无际的大草地。他们即使到公园里看见了比较广大的草地，然而那是细曲得像狗毛一样的草皮，枯黄了时更加难看，不用说，他们万万想不到这是可以放起火来烧的。在乡下，可不同了。照例到了冬天，野外全是灰黄色的枯草，又高又密，脚踏下去簌簌地响，有时没到你的腿弯上。是这样的草——大草地，就可以放火烧。我们都脱了长衣，划一根火柴，那满地的枯草就毕剥毕剥烧起来了。狂风着地卷去，那些草就像发狂似的腾腾地叫着，夹着白烟一片红火焰就像一个大舌头似的会一下子把大片的枯草舐光。有时我们站在上风头，那就跟着火头跑；有时故意站在下风，看着那烈焰像潮水样涌过来，涌过来，于是我们大声笑着嚷着在火焰中间跳，一转眼，那火焰的波浪已经上前去了，于是我们就又追上去送它。这些草地中，往往有浮厝的棺木或者骨殖甏，火势逼近了那棺木时，我们的最紧张的时刻就来了。我们就来一个"包抄"，扑到火线里一阵滚，收熄了我们放的火。这时候我们便感到了克服敌人那样的快乐。

二十以后成了"都市人"，这"放野火"的趣味不能再有了，然而穿衣服的多少也不再受人干涉了，这时我对于冬，理应无憎亦无爱了罢。可是冬天却开始给我一点好印象。二十几岁的我是只要睡眠四个钟头就够了的，我照例五点钟一定醒了；这时候，被窝是暖烘烘的，人是神清气爽的，而又大家都在黑甜乡，静得很，没有声音来打扰我，这时，躲在那里让思想像野马一般飞跑，爱到哪里就到哪里，想够了时，顶天亮起身，我仿佛已经背着人，不声不响自由自在做完了一件事，也感得一种愉快。那时候，我把"冬"和春夏秋比较起来，觉得"冬"是不干涉人的，她不像春天那样逼人困倦，也不像夏天那样使得我上床的时候弄堂里还有人高唱《孟姜女》，而在我起身以前却又是满弄堂的洗马桶的声音，直没有片刻的安静，而也不同于秋天。秋天是苍蝇蚊虫的世界，而也是疟病光顾我的季节呵！

然而对于"冬"有恶感，则始于最近。拥着热被窝让思想跑野马那样的事，已经不高兴再做了，而又没有草地给我去"放野火"。何况近年来的冬天似乎一年比一年冷，我不得不自愿多穿点衣服，并且把窗门关紧。

不过我也理智地较为认识了"冬"。我知道"冬"毕竟是"冬"，摧残了许多嫩芽，在地面上造成恐怖；我又知道"冬"只不过是"冬"，北风和霜雪虽然凶猛，终不能永远地统治这大地。相反的，冬天的寒冷愈甚，就是冬的运命快要告终，"春"已在叩门。

"春"要来到的时候，一定先有"冬"。冷罢，更加冷罢，你这吓人的冬！

人造丝

那一年的秋天，我到乡下去养病。在"内河小火轮"中，忽然有人隔着个江北小贩的五香豆的提篮跟我拉手；这手的中指套着一个很大的金戒指，刻有两个西文字母：HB。

"哈，哈，不认识么？"

我的眼光从戒指移到那人的脸上时，那人就笑着说。

一边说，一边他就把江北小贩的五香豆提篮推开些，咯吱一响，就坐在我身旁边的另一只旧藤椅里。他这小胖子，少说也有二百磅呢！

"记得不记得？××小学里的干瘪风菱？……"

他又大声说，说完又笑，脸上的肥肉也笑得一跳一跳的。

哦，哦，我记起来了，可是怎么怨得我不认识呢？从前的"干瘪风菱"现在变成了"浸胖油炸桧！"——这是从前我们小学校里另一个同学的绰号。当时他们是一对，提起了这一位，总要带到那一位的。

然而我依然想不起这位老朋友的姓名了。这也不要紧。总之，我们是二十年前的老同学，打架打惯了的。二十多年没见面呢！我们的话是三日三夜也讲不完的。可是这位老朋友似乎很晓得我的情形，说不了几句话，他就装出福尔摩斯的神气来，突然问我道：

"回乡下去养病，是不是？打算住多少天呢？"

我一怔。难道我的病甚至于看得出来么？天天见面的朋友倒说我不像是有病的呢！老朋友瞧着我那呆怔怔的神气，却得意极了，双手一拍，笑了又笑，翘起大拇指，点着自己的鼻子说道：

"你看！我到外国那几年，到底学了点东西回来！我会侦探了！"

"嗯嗯——可是你刚才说，要办养蜂场罢，你为什么不挂牌子做个东方福尔摩斯？"我也笑了起来。

不料老朋友把眉毛一皱，望着我，用鼻音回答道：

"不行！福尔摩斯的本事现在也不行！现在一张支票就抵得过十个福尔摩斯！"

"然而我还是佩服你！"

"呵呵，那就很好。不过我的本事还是养蜂养鸡。说到我这一点侦探手段，见笑得很，一杯咖啡换来的。昨天我碰到了你的表兄，随便谈谈，知道你也是今天回乡下去，去养病。要不然，我怎么能够一上船就认识你？哈哈，——这一点小秘密就值一杯咖啡。"

我回想一想，也笑了。

往后，我们又渐渐谈到蜂呀鸡呀的上头，老朋友伸手在脸上一抹，很正经的样子，扳着手指头说道：

"喂，喂，我数给你听。我出去第一年学医。这是依照我老人家的意思。学了半年，我就知道我这毛躁脾气，跟医不对。看见报上说，上海一地的西医就有千多，我一想更不得劲儿；等到我学成了时，恐怕就有两千多了，要我跟两千多人抢饭吃，我是一定会失败的。我就改学缲丝。这也是很自然的一回事。你知道我老人家有点丝厂股子。可是糟糕！我还没有学好，老人家丝厂关门，欠了一屁股的债，还写了封哀的美敦书给我，着我赶快回国找个事做。喂，朋友，这不是把我急死么？于是我一面就跟老人家信来信去开谈判，一面赶快换行业。那时只要快，不拘什么学一点回来，算是我没有白跑一趟欧洲。这一换，就换到了养蜂养鸡。三个月前我回来了，一看，才知道我不应该不学医！"

老朋友说到这里，就鼓起了腮巴，一股劲儿看着我，好像要等我证明他的"不该不学医"。等了一会儿，我总不作声，总也是学他的样子看着他，他就吐一口气，自己来说明道：

"为什么呀？中国是病夫之国咯！我的半年的同学里，有几位已经挂了牌子，生意蛮好。可是我跟他们同学的半年里，课堂上难得看见他们的尊容！"

"哎，哎，事情就是难以预料。不过你打算办一个蜂场什么的，光景不会不成功罢？"我只好这么安慰他。

"难说，难说！……我把我的计划跟几位世交谈过，他们都不置可否。事后听得他们对旁人说：养养蜜蜂，也要到外国去学么？唉，朋友！"

这位老朋友第一次叹口气，歪着头，不出声了，大拇指拨动他中指上的挺大的金戒指，旋了一转，又旋一转。

这当儿，两位穿得红红绿绿的时髦女人从我们前面走过去，一会儿又走回来，背朝着我们，站在那里唧唧哝哝说话。

我的老朋友一面仍在旋弄他那戒指，一面很注意地打量那两位背面的"美人"。他忽然小声儿自言自语地说：

"我顶后悔的，是我学过将近三年的缫丝。"

他转过脸来看了我一眼，似乎问我懂不懂他这句话的意思。我自己以为懂得，点一下头；然而老朋友却看透了我的心思似的赶快摇着头自己补充道：

"并不是后悔我白花了三年心血。不是这个！是后悔我多了那么一点知识，就给我十倍百倍的痛苦！"

"哦？——"我真弄糊涂了。

"喏喏"，老朋友苦笑一下，"我会分辨蚕丝跟人造丝了。哪怕是蚕丝夹人造丝的什么绸，什么绨，我看了一眼，至多是上手来捏一把，就知道那里头掺的人造丝有多少。哼，我回来三个月，每天看见女人们身上花花绿绿时髦的衣料，每次看见，我就想到了——"

"就想到了你老人家的丝厂关门了？"我忍不住凑了一句，却不料老朋友大不以为然，摇着手急口说下去道：

"不，不，——我是想到了人造丝怎样制的，我觉得那些香喷喷的女人身上只是一股火药气！"

"什么？你说是火药气！"我也吃惊地大声说。

我们的话语一定被前面的那两位女人听得清清楚楚了，她们不约而同，转过半张脸来，朝我们白了一眼，就手拉手地走开了我们这边。这在我的老朋友看来，好像是绝大的侮辱；他咬紧了牙齿似的念了一个外国字，然后把嘴巴冲着我的耳朵叫道：

"不错，是火药气！制人造丝的第一步手续跟制无烟火药是一样的！原料也是一样的！"

这小胖子的嗓子本来就粗，这会儿他又冲着我的耳朵，我只觉得耳朵里轰轰轰的，"人造丝，……无烟火药……一样！"轰轰轰还没有完，我又听得这老朋友似乎又加了一句道："打仗的时候，人造丝厂就改成了火药局哩！"

到这时，我也明白为什么这位老朋友说是"痛苦"了。他学得的知识只使他知道中国人人身上有人造丝，而且人造丝还有火药气，无怪他反复说："顶后悔的，是我学过将近三年的缫丝！"

现在又是许久不见这位老朋友了，也不知道他又跑到了哪里去；不过我每逢看见人造丝织品的时候，总要想到他，而且也嗅到了他所说的"火药气"！

而且，最最重要的，这些人造丝都是进口货——东洋货。

香　市

　　"清明"过后，我们镇上照例有所谓"香市"，首尾大约半个月。

　　赶"香市"的群众，主要是农民。"香市"的地点，在社庙。从前农村还是"桃源"的时候，这"香市"就是农村的"狂欢节"。因为从"清明"到"谷雨"这二十天内，风暖日丽，正是"行乐"的时令，并且又是"蚕忙"的前夜，所以到"香市"来的农民一半是祈神赐福（蚕花廿四分），一半也是预酬蚕节的辛苦劳作。所谓"借佛游春"是也。

　　于是"香市"中主要的节目无非是"吃"和"玩"。临时的茶棚，戏法场，弄缸弄甏，走绳索，三上吊的武技班，老虎，矮子，提线戏，髦儿戏，西洋镜，——将社庙前五六十亩地的大广场挤得满满的。庙里的主人公是百草梨膏糖，花纸，各式各样泥的纸的金属的玩具，灿如繁星的"烛山"，熏得眼睛流泪的檀香烟，木拜垫上成排的磕头者。庙里庙外，人声和锣鼓声，还有孩子们手里的小喇叭、哨子的声音，混合成一片骚音，三里路外也听得见。

我幼时所见的"香市"，就是这样热闹的。在这"香市"中，我不但赏鉴了所谓"国技"，我还认识了老虎，豹，猴子，穿山甲。所以"香市"也是儿童们的狂欢节。

"革命"以后，据说为的要"破除迷信"，接连有两年不准举行"香市"。社庙的左屋被"公安分局"借去做了衙门，而庙前广场的一角也筑了篱笆，据说将造公园。社庙的左偏殿上又有什么"蚕种改良所"的招牌。

然而从去年起，这"迷信"的香市忽又准许举行了。于是我又得机会重温儿时的旧梦，我很高兴地同三位堂妹子（她们运气不好，出世以来没有见过像样的热闹的香市），赶那香市去。

天气虽然很好，"市面"却很不好。社庙前虽然比平日多了许多人，但那空气似乎很阴惨。居然有锣鼓的声音。可是那声音单调。庙前的乌龙潭一泓清水依然如昔，可是潭后那座戏台却坍塌了，屋椽子像瘦人的肋骨似的暴露在"光风化日"之下。一切都不像我儿时所见的香市了！

那么姑且到唯一的锣鼓响的地方去看一看罢。我以为这锣鼓响的是什么变把戏的，一定也是瘪三式的玩意了。然而出乎意料，这是"南洋武术班"，上海的《良友画报》六十二期揭载的"卧钉床"的大力士就是其中的一员。那不是无名的"江湖班"。然而他们只售票价十六枚铜元。

看客却也很少，不满二百（我进去的时候，大概只有五六十）。武术班的人们好像有点失望，但仍认真地表演了预告中的五六套：马戏，穿剑门，穿火门，走铅丝，大力士……他们说："今天第一回，人少，可是把式不敢马虎，——"他们三条船上男女老小总共有到三十个！

在我看来，这所谓"南洋武术班"的几套把式比起从前"香市"里的打拳头卖膏药的玩意来，委实是好看得多了。要是放在十多年前，怕不是挤得满场没个空隙儿么？但是今天第一天也只得二百来看客。往常"香市"的主角——农民，今天差不多看不见。

后来我知道，镇上的小商人是重兴这"香市"的主动者；他们想借此吸引游客"振兴"市面，他们打算从农民的干瘪的袋里榨出几文来。可是他们这计划失败了！

谈月亮

不知道什么原因，我跟月亮的感情很不好。我也在月亮底下走过，我只觉得那月亮的冷森森的白光，反而把凹凸不平的地面幻化为一片模糊虚伪的光滑，引人去上当；我只觉得那月亮的好像温情似的淡光，反而把黑暗潜藏着的一切丑相幻化为神秘的美，叫人忘记了提防。

月亮是一个大骗子，我这样想。

我也曾对着弯弯的新月仔细看望。我从没觉得这残缺的一钩儿有什么美；我也照着"诗人"们的说法，把这弯弯的月牙儿比作美人的眉毛，可是愈比愈不像，我倒看出来，这一钩的冷光正好像是一把磨得锋快的杀人的钢刀。

我又常常望着一轮满月。我见过她装腔作势地往浮云中间躲，我也见过她像一个白痴人的脸孔，只管冷冷地呆木地朝着我瞧；什么"广寒宫"，什么"嫦娥"——这一类缥缈的神话，我永远联想不起来，可只觉得她是一个死了的东西，然而她偏不肯安分，她偏要"借光"来欺骗漫漫长夜中的人们，使他们沉醉于空虚的满足，神秘的幻想。

月亮是温情主义的假光明！我这么想。

呵呵，我记起来了；曾经有过这么一回事，使得我第一次不信任这月亮。那时我不过六七岁，那时我对于月亮无爱亦无憎，有一次月夜，我同邻舍的老头子在街上玩。先是我们走，看月亮也跟着走；随后我们就各人说出他所见的月亮有多么大。"像饭碗口"，是我说的。然而邻家老头子却说"不对"，他看来是有洗脸盆那样子。

"不会差得那么多的！"我不相信，定住了眼睛看，愈看愈觉得至多不过是"饭碗口"。

"你比我矮，自然看去小了呢。"老头子笑嘻嘻说。

于是我立刻去搬一个凳子来，站上去，一比，跟老头子差不多高了，然而我头顶的月亮还只有"饭碗口"的大小。我要求老头子抱我起来，我骑在他的肩头，我比他高了，再看看月亮，还是原来那样的"饭碗口"。

"你骗人哪！"我作势要揪老头儿的小辫子。

"嗯嗯，那是——你爬高了不中用的。年纪大一岁，月亮也大一些，你活到我的年纪，包你看去有洗脸盆那样大。"老头子还是笑嘻嘻。

我觉得失败了，跑回家去问我的祖父。仰起头来望着月亮，我的祖父摸着胡子笑着说："哦哦，就跟我的脸盆差不多。"在我家里，祖父的洗脸盆是顶大的。于是我相信我自己是完全失败了。在许多事情上都被家里人用一句"你还小哩！"来剥夺了权利的我，于是就感到月亮也那么"欺小"，真正岂有此理。月亮在那时就跟我有了仇。

呵呵，我又记起来了；曾经看见过这么一件事，使得我知道月亮虽则未必"欺小"，却很能使人变得脆弱了似的，这件事，离开我同邻舍老头子比月亮大小的时候也总有十多年了。那时我跟月亮又回到了无恩无仇的光景。那时也正是中秋快近，忽然有从"狭的笼①"里逃出来的一对儿，到了我的寓处。大家都是丱角②之交，我得尽东道之谊。而且我还得居间办理"善后"。我依着他们俩铁硬的口气，用我自己出名，写了信给双方的父母，——我的世交前辈，表示了这件事恐怕已经不能够照"老辈"的意思挽回。信发出的下一天就是所谓"中秋"，早起还落雨，偏偏晚上是好月亮，一片云也没有。我们正谈着"善后"事情，忽然发现了那个"她"不在我们一块儿。自然是最关心"她"的那个"他"先上楼去看看。等过好半晌，两个都不下来，我也只好上楼看一看到底为了什么。

---

① 狭的笼，原为俄国盲诗人爱罗先珂所作童话的篇名，这里借指封建家庭的樊笼。
② 丱角，古时儿童束发成两角的样子。丱角之交，意即童年时代的朋友。

一看可把我弄糊涂了！男的躺在床上叹气，女的坐在窗前，仰起了脸，一边望着天空，一边抹眼泪。

"哎，怎么了？两口儿斗气？说给我来评评。"我不会想到另有别的问题。

"不是呀！——"男的回答，却又不说下去。

我于是走到女的面前，看定了她，——凭着我们小时也是捉迷藏的伙伴，我这样面对面朝她看是不算莽撞的。

"我想——昨天那封信太激烈了一点。"女的开口了，依旧望着那冷清清的月亮，眼角还噙着泪珠。"还是，我想，还是我回家去当面爸爸妈妈办交涉，——慢慢儿解决，将来他跟我爸爸妈妈也有见面之余地。"

我耳朵里轰的响了一声。我不知道什么东西使得这个昨天还是嘴巴铁硬的女人现在忽又变计。但是男的此时从床上说过一句来道：

"她已经写信告诉家里，说明天就回去呢！"

这可把我骇了一跳。糟糕！我昨天全权代表似的写出两封信，今天却就取消了我的资格；那不是应着家乡人们一句话：什么都是我好管闲事闹出来的。那时我的脸色一定难看得很，女的也一定看到我心里，她很抱歉似的亲热地叫道："×哥，我会对他们说，昨天那封信是我的意思叫你那样写的！"

"那个，只好随它去；反正我的多事是早已出名。"我苦笑着说，钉住了女的面孔。月亮光照在她脸上，这脸现在有几分"放心了"的神气；忽然她低了头，手捂住了脸，就像闷在瓮里似的声音说："我撇不下妈妈。今天是中秋，往常在家里妈给我……"

我不愿意再听下去。我全都明白了，是这月亮，水样的猫一样的月光勾起了这位女人的想家的心，把她变得脆弱些。

从那一次以后，我仿佛懂得一点关于月亮的"哲理"。我觉得我们向来有的一些关于月亮的文学好像几乎全是幽怨的，恬退隐逸的，或者缥缈游仙的。跟月亮特别有感情的，好像就是高山里的隐士，深闺里的怨妇，求仙的道士。他们借月亮发了牢骚，又从月亮得到了自欺的安慰，又从月亮想象出"广寒宫"的缥缈神秘。读几句书的人，平时不知不觉间熏染了这种月亮的"教育"，临到紧要关头，就会发生影响。

原始人也曾在月亮身上做"文章"，——就是关于月亮的神话。然而原始人的月亮文学只限于月亮本身的变动；月何以东升西没，何以有缺有圆有蚀，原始人都给了非科学的解释。至多亦不过想象月亮是太阳的老婆，或者是姊妹，或者是人间的"英雄"逃上天去罢了。而且他们从不把月亮看成幽怨闲适缥缈的对象。不，现代澳洲的土人反而从月亮的圆缺创造了奋斗的故事。这跟我们以前的文人在月亮有圆缺上头悟出恬淡知足的处世哲学相比起来，差得多么远呀！

把月亮的"哲理"发挥得淋漓尽致的，也许只有我们中国罢？不但骚人雅士美女见了月亮，便会感发出许多的幽思离愁，扭捏缠绵到不成话；便是喑呜叱咤的马上英雄也被写成了在月亮的魔光下只有悲凉，只有感伤。这一种"完备"的月亮"教育"会使"狭的笼"里逃出来的人也触景生情地想到再回去，并且我很怀疑那个邻舍老头子所谓"年纪大一岁，月亮也大一些"的说头未必竟是他的信口开河，而也许有什么深厚的月亮的"哲理"根据罢！

从那一次以后，我渐渐觉得月亮可怕。

我每每想：也许我们中国古来文人发挥的月亮"文化"，并不是全然主观的；月亮确是那么一个会迷人会麻醉人的家伙。

星夜使你恐怖，但也激发了你的勇气。只有月夜，说是没有光明么？明明有的。然而这冷凄凄的光既不能使五谷生长，甚至不能晒干衣裳；然而这光够使你看见五个指头却不够辨别稍远一点的地面的坎坷。你朝远处看，你只见白茫茫的一片，消弭了一切轮廓。你变做"短视"了。你的心上会遮起了一层神秘的迷迷胡胡的苟安的雾。

人在暴风雨中也许要战栗，但人的精神，不会松懈，只有紧张；人撑着破伞，或者破伞也没有，那就挺起胸膛，大踏步，咬紧了牙关，冲那风雨的阵，人在这里，磨炼他的奋斗力量。然而清淡的月光像一杯安神的药，一粒微甜的糖，你在她的魔术下，脚步会自然而然放松了，你嘴角上会闪出似笑非笑的影子，你说不定会向青草地下一躺，眯着眼睛望天空，乱麻麻地不知想到哪里去了。

自然界现象对于人的情绪有种种不同的感应，我以为月亮引起的感应多半是消极。而把这一点畸形发挥得"透彻"的，恐怕就是我们中国的月亮文学。当然也有并不借月亮发牢骚，并不从月亮得了自欺的安慰，并不从月亮想象出神秘缥缈的仙境，但这只限于未尝受过我们的月亮文学影响的"粗人"罢！

我们需要"粗人"眼中的月亮；我又每每这么想。

旧账簿

　　去年有一位乡先辈发愿修"志"。我们那里本来有一部旧志，是乾隆年间一位在我乡做官的人修的。他是外路人，而且"公余"纂修，心力不专，当然不免有些不尽不备。但这是我乡第一部"志"。

　　这一回，要补修了，经费呢，不用说，那位乡先辈独力担任；可是他老先生事情忙得很，只能在体裁方面总其成，在稿子的最后决定时下一判断，事实上的调查搜辑以及初稿的编辑，他都委托了几个朋友。

　　是在体例的厘订时，他老先生最费苦心。他披览各地新修的县志镇志，参考它们的体例；他又尽可能的和各"志"的纂修者当面讨论；他为此请过十几次的客。

　　有一次请客，主要的"贵宾"是一位道貌岸然，长胡子的金老先生。他是我们邻镇的老辈，他修过他自己家乡的"志"，——一部在近来新修的志书中要算顶完备的镇志。他有许多好意见。记得其中之一是他以为"镇志"中也可有"赋税"一门，备载历年赋税之轻重，而"物价"一项，虽未便专立一门，却应在有关各门中特别注意；例如在"农产"，顶好能够调查了历来农产物价格之涨落，列为详表，在"工业"门，亦复如此。

老先生的意见，没有人不赞成。但是怎样找到那些材料呢？这是个问题。老先捻须微笑道："这儿，几十年的旧账簿就有用处。"

从那一顿饭以后，我常常想起了我小时看见的我家后楼上一木箱的陈年旧账簿。这些旧账簿，不晓得以何因缘，一直保存下来，十岁时的我，还常常去翻那些厚本子的后边的空白纸页，撕下来做算草。但现在，我可以断定，这一木箱的陈年旧账簿早已没有了。是烧了呢，或是"换了糖"？我记不清。总之，在二十年前，它们的命运早已告终。而我也早已忘记我家曾经有过那么一份不值钱的"古董"。

现在经那位金老先生一句话，我就宛然记得那一厚本一厚本的旧账簿不但供给过我的算草稿，还被我搬来搬去当作垫脚砖，当我要找书橱顶上一格的木板旧小说的时候；那时候，我想不到这些"垫脚砖"就是——不，应该说不但是我家"家乘"的一部分，也是我们"镇志"的一部分。

实在的，要晓得我们祖父的祖父曾经怎样生活着，最能告诉我们真实消息的，恐怕无过于陈年的旧账簿！

我们知道，我们的历史，也无非是一种"陈年旧账簿"。但可惜这上头，"虚账"和"花账"太多！

我们又知道我们读这所谓"历史"的陈年旧账簿得有"眼光"。不但得有"眼光"，而且也得有正确的"读法"。正像那位金老先生有他的对于"陈年旧账簿"的正确的"看法"一样。

在这里，我就想起了我所认识的一位乡亲对于他家的一叠"陈年旧账簿"的态度。

这一位乡亲，现在是颇潦倒了，但从前，他家也着实过得去，证据就在他家有几十年的"陈年旧账簿"，——等身高的一叠儿。他的父亲把亲手写的最后一本账簿放在祖传的那一堆儿的顶上，郑重地移交给他，——那还是三十多年前的事；他呢，从老子手里接收了那"宝贝"以后，也每年加上一本新的，厚厚的一本儿。那时候，他也着实过得去。可是近几年来就不同了。证据就在他近年来亲手写的账簿愈来愈薄，前年他叹气对人说："只有五十张纸了！"说不定他今年的账簿只要二十张纸。

然而他对于"陈年旧账簿"的态度一贯的没有改变。不，——应该说，他的境遇愈窘则他对于他那祖传的"陈年旧账簿"的一贯的态度就更加坚决更加顽强。例如：三五年前他还没十分潦倒的时候，听得人家谈起了张家讨媳妇花多少，李家嫁女儿花多少，他还不过轻轻一笑道："从前我们祖老太爷办五姑姑喜事的时候，也用到了李家那个数目，先严大婚，花的比张家还要多些：这都有旧账簿可查！然而你不要忘记，那时候油条只卖三文钱一根！"从前年起，他就不能够那么轻轻一笑了事了。前天大年夜，米店的伙计在他家里坐索十三元八角的米账的时候，他就满脸青筋直爆，发疯似的跳进跳出嚷道："说是宕过了年，灯节边一定付清，你不相信么？你不相信我家么？我们家，祖上传来旧账簿一叠，你去看看，哪一年不是动千动万的大进出！我肯赖掉你这十三元八角么？笑话，笑话！"他当真捧了一大堆的"陈年旧账簿"出来叫那米店伙计"亲自过目"。据说，那一个大年夜他就恭恭敬敬温读了那些"陈年旧账簿"一夜。他感激得掉下眼泪来，只喃喃地自言自语着："祖上哪一年不是动千动万的进出……镇上那些暴发户谁家拿得出这样一大堆的旧账簿！哦，拿得出这样一大堆的几十年的旧账簿的人家，算来就只有三家：东街赵老伯，南街钱二哥，本街就只有我了！"他在他那祖传的"陈年旧账簿"中找得了自傲的确信。过去的"黄金时代"的温诵把他现在的"潦倒的痛疮"轻轻地揉得怪舒贴。

这是对于"陈年旧账簿"的一种"看法"。而这种"看法"对于那位乡亲的效用好像还不只是"挡债"，还不只是使他"精神上胜利"，揉平了现实的"潦倒的痛疮"。这种"看法"，据说还使他能够"心广体胖"，随遇而安。例如他的大少爷当小学教员，每月薪水十八元，年青人不知好歹，每每要在老头子跟前吐那些更没有别的地方让他吐的"牢骚"；这当儿，做老子的就要"翻着旧账簿"说："十八元一月，一年也有二百元呢；从前你的爹爹还是优贡呢，东街赵老伯家的祖老太爷请他去做西席，一年才一百二十呀！你不相信，查旧账簿！祖上亲笔写得有哪！"

这当儿，我的乡亲就忘记了他那"旧账簿"也写着油条是三文钱一根！

虽然照这位乡亲精密的计算，我们家乡只有三家人家"该得起"几十年的"陈年旧账簿"，但是我以为未必确实。差不多家家都有过"旧账簿"，所成问题者，年代久远的程度罢了。自然，像那位乡亲似的"宝贝"着而且"迷信"着"旧账簿"，——甚至还夸耀着他有"那么一叠的旧账簿"的，实在很多；可是并不宝爱"旧账簿"，拿来当柴烧或者换了糖的，恐怕也不少。只是能够像上面说过的那位金老先生似的懂得"旧账簿"的真正用处的，却实在少得很呵！

又有人说，那位乡亲对"旧账簿"的看法还是那位跟他一样有祖传一大叠"旧账簿"的东街"赵老伯"教导成的，虽然"赵老伯"自家的"新账簿"却一年一年加厚，——他自家并不每事"查旧账"而是自有他的"新账"。

不过，这一层"传说"，我没有详细调查过，只好作为"悬案"了。

我曾经穿过怎样的紧鞋子

我在小学校的时候，最喜欢绘画。教我们绘画的先生是一位六十多岁的国画家。他的专门本领是画"尊容"，我的曾祖的《行乐图》就是他画的，大家都说像得很。他教我们临摹《芥子园画谱》，于是我们都买了一部石印的《芥子园画谱》。他说："临完了一部《芥子园画谱》，不论是梅兰竹菊，山水，翎鸟，全有了门径。"

他从不自己动手画，他只批改我们的画稿；他认为不对的地方，就赏一红杠，大书"再临一次"。

后来进了中学校，那里的图画教师也是国画家，年纪也有点老了。不过他并不是"尊容专家"。他的教授法就不同了。他上课的时候在黑板上先画了一幅，一面画，一面叫我们跟着临摹；他说："画画儿最要紧的诀窍是用笔的先后，所以我要当场一笔一笔现画，要你们跟着一笔一笔现临；记好我落笔的先后哪！"有时他特别"卖力"，画好了那幅"示范"的画儿以后，还拣那中间的困难点出来，在黑板的一角另画一幅"放大"，好比影片中的"特写"。

这位先生真是又和气又热心，我到现在还想念他。不用说，他从前大概也曾在《芥子园画谱》之类用过苦功，但他居然不把《芥子园画谱》原封不动掷给我们，却换着花样来教我们，在那时候已经十分难得了。

然而那时候我对于绘画的热心比起小学校时代来，却差得多了。原因大概很多，而最大的原因是忙于看小说。课余的时间全部消费在旧小说上头，绘画不过在上课的时候应个景儿罢了。

国文教师称赞我的文思开展，但又不满意地说："有点小说调子，应该力戒！"这位国文教师是"孝廉公"，又是我的"父执"，他对于我好像很关切似的，他知道我的看小说是家里大人允许的，他就对我说："你的老人家这个主张，我就不以为然。看看小说，原也使得，小说中也有好文章，不过总得等到你的文章立定了格局，然后再看小说，就没有流弊了。"过一会儿，他又摸着下巴说："多读读《庄子》和韩文①罢！"

我那时自然很尊重这位老师的意见，但是小学校时代专临《芥子园画谱》那样的滋味又回来了。从前临《芥子园画谱》的时候，开头个把月倒还兴味不差，——先生只叫我临摹某一幅，而我却把

①韩文，指韩愈（768—824）的文章。韩愈为唐代文学家，著有《韩昌黎集》。

那画谱从头到底看了一遍，"欣然若有所得"；后来一部画谱看厌了，先生还是指定了那几幅叫我"再临一次"。又一次，我就感到异常乏味了。而这位老画师的用意却也和那位"孝廉公"的国文教师一样：要我先立定了格局！《庄子》之类，自然远不及小说来得有趣，但假使当时有人指定了某小说要我读，而且一定要读到我"立定了格局"，我想我对于小说也要厌恶了罢？再者，多看了小说，就不知不觉间会沾上"小说调子"，但假使指定了要我去临摹某一部小说的"调子"，恐怕看小说也将成为苦事了罢？

　　不过从前的老先生就要人穿这样的"紧鞋子"。幸而不久就来了"辛亥革命"，老先生们喟然于"世变"之巨，也就一切都"看穿"些，于是我也不再逢到好意的指导叫我穿那种"紧鞋子"了。说起来，这也未始不是"革命"之赐。

家的故事

父亲常常勉励我："大丈夫要以天下为己任。"

并反复说明这句话的意义。

母亲要我做个有志气的人，

俗话语"长兄为父"，弟弟将来如何，

全在我做个什么榜样。

我的外祖父、外祖母

我的外祖父姓陈，名我如，是江浙一带有名的中医。据说陈家世代为医，外祖父的堂弟渭卿，也是有名的中医。陈家本来是河南开封一带的人，宋高宗南渡建都临安（今浙江省杭州市），中州人不愿受金国奴役的，纷纷南下，陈家是其中之一。记得外祖父家有一副对联，上联是："自南渡以来，岐黄传世"，下联忘记了，据此，陈家在南渡以前就是以医传家的。

外祖父性格严肃，鲠直，为人治病很认真。太平军和清兵争夺乌镇时，外祖父家也毁了。事定后，外祖父在被毁的旧墟上，盖了几间简陋的平房，仍然行医。此时外祖父大约三十岁。几年的省吃俭用，渐渐有点积蓄，名声也大了，来学医的青年一年比一年多了。但外祖父收门生，十分严格，一必须是秀才，二必须人品端正，忠厚虚心。据说，他收门生还有一个试验期，期中如他认为来学者性情浮躁，花言巧语，遇事伪饰，他就不收这人为门生。因此，在他晚年，名声最大的时候，门下弟子不过四五人。

外祖父虽然行医，但封建士大夫要求"正途出身"（指经过科举而进仕途）的愿望仍然强烈。五十岁以前，每逢乡试，必然去考。平时也用功闱墨。五十以后，方断"正途出身"的念头，把从前下过心血练习应考的闱墨范本以及自己作的八股文稿，统统付之一炬，而且对当时的几个门生说："如果我早断此念，潜心医学，至少也少害死几个人！"名医肯对自己的门生说这样的话的，大概很少。

外祖父自奉俭朴，一点嗜好也没有；教门生很认真；晚年名声大，富户、缙绅之家，远及湖、嘉、杭、苏四府，重金求治病者甚多，但外祖父以每日诊治五六人为限，理由是精力有限，不敢贪多，贻祸病家。

我的外祖母姓钱，也是乌镇人。钱家经商，太平军占领乌镇前开设丝行。但在外祖母出嫁时，家道中落，丝行早收歇了。

外祖母是续弦。外祖父的前妻生过一个男孩子，不幸早夭。外祖母出嫁时二十来岁，比外祖父年轻十岁。当她第一次怀孕时，外祖父已重建旧居，临街是楼房，后边是厅房，再后为厨房及下房。当时，外祖父和外祖母多么希望生个男孩子呀！果然，生了个男孩。但是，不幸，三四岁时，这个男孩一病而死了。这对于外祖母是一个太沉重的打击。从此患了失心症（或称脑病），终日呆坐，如木偶人。这样一二年，方才恢复常态。又年余，外祖母第二次怀孕了。怀孕期间，外祖母神经就有点不正常。她恐怕生下来的是个女孩。当又生个男孩时，外祖母自然十分高兴。因为以前两个孩子都早夭，外祖父对于这个孩子特别留心。他不叫外祖母再管家务了，使其专心抚养婴儿。不料这孩子不满周岁，常常生病。拖了年把时光，又死了（据我母亲说，两个孩子大概都为当时乌镇的小儿科庸医所杀。外祖父古板，为的自己不是小儿科，孩子有病，一定要请小儿科医生诊治）。

　　第二个孩子的死，外祖母精神上的刺激比上次还大些。她的脑病又发了。但这次却和上次相反，精神异常亢奋。她终日忙碌，自己烧了菜肴，送给邻居。外祖父先尚不以为意，后来见她天天如此，便劝阻她，她就背着外祖父干。邻居们背后说她是"疯子"，以为笑乐，当面却奉承她，说她怜惜穷人，积德必有后报。他们还乘机向外祖母借钱，外祖母总设法满足他们。外祖父是知道这些情况的，他劝过外祖母："你是真心照顾人家，人家却在背后骂你疯子，你何苦来呀！"可是外祖母却答道："这些我都知道。我也是藉此消遣，他们当面奉承我的时候，我脸上装着笑，心里很看不起他们，我也在耍猴子呢！"外祖父倒笑了，也就随着外祖母爱怎么就怎么。外祖父料想这个脑病，多则二年，少则年半，是会自行痊愈的。果然，两年后，外祖母精神正常了，有些无赖的邻人还不识相，仍想来讨点油水，被外祖母一顿臭骂，赶了出去。

　　外祖母是个能干的人，又是个达观的人，但也是个不幸的人。关于外祖母，我以后还要谈到。

我的母亲

外祖母第三次怀孕的时候，她自以为一定是个男胎。怀孕到六个月后，外祖父根据脉象，也认为十之七八是个男胎。不料生下来，却是个女的。外祖母这个刺激可不小，于是又犯了脑病，又消沉起来，整天不声不响，只抱着孩子喂奶，别的事一概不管，也不愿管。

外祖父却喜欢孩子，不论男女，他给这女儿取名"爱珠"。这就是我的母亲。

外祖母这次脑病，时间特别长，爱珠已经四岁了，外祖母还是那样不声不响，对什么都不感兴趣。外祖父觉得女孩子渐渐长大，总得有人教养。他想起了他的连襟（也就是外祖母的同胞姊姊的丈夫），一个姓王的老秀才，家道小康，老夫妻俩无男无女。外祖父就把女儿送王家请代教养。爱珠到了王家，老夫妻俩爱之如同亲生。从此爱珠长年住在姨夫姨母家里，只是逢年过节才到自己家里过这么一天两天；直到她十四岁，外祖父才接她回去。那时候，她跟老秀才学会了读、写、算，还念过不少古书，她跟姨母学会做菜、缝纫；那时，一般有钱人家的女儿都学绣花，却不学裁衣，但姨母是讲究实用的人，她不教绣花却教了裁衣，因此，爱珠不但能缝制单、夹衣裤，还能缝制皮衣。

外祖父接女儿回家，是因为四年前外祖母又生了个孩子，——这是最后一个，居然是男孩，外祖母实在高兴。可是也怪，这次是喜事引起了脑病，又是神经亢奋，整天忙于烧菜看送人，不理家务，幸而还没忘记给孩子喂奶。

外祖父把女儿接回来，要她管理家务。

这时候，外祖父的家并不简单。

学医的门生，五六人，都是秀才出身，年龄大者已过三十，较幼者也有二十多岁。都已学了两年或三年，现在都跟着外祖父学临床诊断开方。这几个门生都住在外祖父家靠街的楼房楼上，外祖父家管他们的伙食。因此，外祖父用了个男厨子，专管买菜烧菜。

此外，还有个女仆，专管厅房楼上楼下打扫和洗衣服。这个女仆时常和厨子吵架。

因为是名医，外地常来请出诊。交通工具是船。本来可以临时雇用民船，但出诊经常得三四天才回来，雇船不如自备船方便，因此，外祖父就买了条船，船工是一对夫妻带个小孩，他们的伙食也要管。本地一个绅士因为请外祖父给他夫人医好了众医为之束手的疑难病症，除上匾外，又送了一顶二人轿。当时略有名望的医生在本地出诊都坐轿子，"何况你陈老先生"，——这个绅士不由分说，硬要外祖父收下他的礼物。这样，外祖父又不得不雇两个轿夫。不抬轿的时候，就派他们打扫靠街楼房的楼上和楼下，并伺候门生们的茶水。轿夫二人的伙食也得管。

等着女儿管理的，就是这样一个家。她不用下厨房，也不用洒扫庭除，也不必动针线，但是她得管这么一堆人。

大姨夫王老秀才虽然知道他亲手教出来的这个十四岁的姑娘读书识字，能写会算，他常常对人说："朝廷如开女科，我这姨甥女准能考取秀才。"然而，他没有把握，她能不能管这个家。但是大姨母却对外祖父说："能！我担保！"

可是爱珠似乎还嫌人手不够，要求父亲再雇一个年轻女仆专管她的四岁的小弟弟。外祖父慨然允诺。爱珠从七八个应召而来的妇女中挑选了一个面目俊俏，手脚利落，二十五六岁，生过孩子的少妇，她是大姨母介绍来的，姓芮，是大姨母家的远亲。可是这芮姑娘有个三岁的女孩，放在家里没人管，得带来，爱珠也应许了。

于是爱珠就管起家来。小弟弟早已断奶，正在牙牙学语；关于给他喂饭，穿衣，夜间陪着睡觉，等等一切事都从外祖母手里转到芮姑娘手里。

一个多月后，外祖母的脑病忽然消失了。当她不再烹调菜肴送人的时候，人家还以为她是怕她自己的女儿，因为这个十四岁的姑娘治家十分严厉，厨子和打杂的女仆不敢再吵架了；后来才知道外祖母的脑病果然没有了，外祖母对来探望的亲姊姊说："现在，我真能够享几天清福了。想不到爱珠比我还能干。"

爱珠的能干，首先是几个学医的门生感觉到：他们的伙食改善了。其次是外祖父自己感觉到：这个家仍是那么多的人，却秩序井然，内外肃静，吵架、调笑的声音都没有了。

不久，镇上的富户和绅士人家都知道名医陈我如老先生的小姐不但知书识礼，而且善于治家。而且陈老先生只有这个姑娘。媒人们纷纷来陈家说亲了。但是都失望了，空手而回。外祖父择婿非常严格。这样闹了几个月，镇上一些做媒的人都不愿意再到陈家碰运气了。直到爱珠过了十六岁整寿以后，老绅士卢小菊（举人，又是本镇立志书院的山长）才来看望陈老先生，为沈家说亲。不料老绅士刚说出沈家那个秀才的名字，陈老先生便一口答应："我知道他们家，也见过这个秀才。可是我这女儿给我管家，我一时离不了她。可以先聘定，两年后再出嫁。"

那时候，有钱人家的姑娘，十六七岁就出嫁了。但是卢老先生却自作主张，说："就是这样吧。我们代沈家答应下来。请把小姐的八字给我带去。"

陈老先生不相信卜吉这一套，笑道："老伯来说媒，就是大吉。要什么八字？后天我设宴谢媒，务请光降。"

这样爽利地定了亲，连卜吉这道手续都没做，沈家传为佳话，我童年时还听我的祖母津津有味说过不止一遍。

我的父亲

我的父亲名永锡，字伯蕃（小名景松），一八七二年生，比我母亲大三岁。父亲十六岁中秀才，那时曾祖父经商顺利，很希望儿孙辈能从科举出身，改换门庭。他知道长孙少年中了秀才，十分高兴，严厉督促我父亲攻读八股，希望他能中个举人。但是我的父亲订了婚以后，却想到丈人那里学医。此时父亲十九岁，下过一场乡试，没有中。他知道老一辈（祖父一辈）三房全靠曾祖父挣钱养活，而自己的父亲也是吃现成饭的，自己连弟妹有六人之多，食指繁多，来日大难。即使曾祖父有几万家当，老三房分后，轮到他这一辈，还能分得多少？没有一技之长，将来如何过活？这是他要学医的根本理由。

我的外祖父此时身边已有五个大弟子，早已声言不再收门生。但对未来的女婿却不好拒绝。问题在曾祖父能不能同意。祖父为此向曾祖父请示。曾祖父不许。祖父不敢再请。于是我的父亲自己写信给曾祖父，婉转说明学医与举业可以并行不悖，又举古代及清朝若干有名官吏都兼通医道为证。这样往返再三请求，曾祖父才勉强同意。

我父亲到岳父家学医时，我的外祖父身边还有五个大弟子，都比我父亲年纪大，也都已结婚生了子女。他们在外祖父处学了五六年，本来可以自立诊所行医了，但他们都想从这位年事已高的老师那里多学些临床经验，都不肯走。那时，外祖父正在写一部医学书，这些大弟子也争着要当助手。外祖父规定：每天门诊不超过五人，出诊（本镇）不超过二人。外地来请，一概谢绝。那时，外祖父的堂弟渭卿也在镇上行医多年（他小于外祖父十岁，但也有五十来岁了，有一独子粟香，也学医，已娶妻，生二女），医道也不坏，但因我外祖父名声太大，所以到渭卿那边求诊的就比较少。我的外祖父既然规定自己每日门诊、出诊的数目，凡额外的病人，他就介绍到渭卿那里，并且诚恳地对病家说：我这堂弟，本事和我一般好，而比我年轻，精力充沛，请他诊治，比请我可靠。从此陈渭卿的名声就蒸蒸日上，外祖父故世后，他成为杭、嘉、湖、苏一带的名医。陈渭卿这一家是外祖父家唯一的近族，也是外祖父家在江南唯一的同族。据我的母亲说，陈家在江、浙两省也许还有本家，但早在太平天国军兴以前就不通音问，无从查考了。

外祖父如约在女儿十九岁办喜事，为此，他花了一千五百两银子；他对女儿说，从前他自己娶钱氏（即女儿的生母），只花二百两，现在情况不同了，他手头有钱，女儿女婿都是他所喜爱的，而且听说沈家老太爷出手阔绰，他不能显得寒酸相。后来，听说我曾祖父汇来两千银子给长孙办喜事，外祖父临时添了五百两；那是现金（银元），给填箱用的。（填箱，旧时婚姻，女家办嫁装，一般的只是一橱两箱，外加桌、椅、春凳、瓷器、铜、锡器用具等，富有者倍之。这是我的家乡的风俗。至于首饰，不在这成规以内。箱里除装满四季衣服外，每只箱子底置制钱二三千，谓之填箱；富有者填箱不用制钱，而用银元。外祖父为女儿置的嫁装，是两橱四箱，四箱者，一个矮橱，上堆两大一小三只箱子，共四叠，计大小十二只箱子，每只箱填银元一百，共八百，约合银五百两。至于当时的官僚、大地主、大商人办喜事，要奢侈得多。）

我的父亲因为学医未卒业，故结婚满月后仍到外祖父家居住。外祖父叫我的母亲也去，仍旧管家。我的父亲早已知道我母亲知书识字，婚后就考问她读过一些什么书。考问以后，我的父亲又高兴又不高兴。高兴的是：我母亲读过四书五经，《唐诗三百首》《古文观止》《列女传》《幼学琼林》《楚辞集注》（朱熹）等书，而且能解释。不高兴的是：这些书，在父亲看来，都是不切实用的。于是他首先要母亲读《史鉴节要》，这是一部以《御批通鉴辑览》为底本而加以增删的简要的中国通史，上起三皇五帝，下讫清朝末叶，太平军兴以前。这书自然是文言，而且直抄《资治通鉴》者也不少，幸而母亲有《诗经》《唐诗三百首》等基础，读时并不困难。虽然她这时还管外祖父的家务，但因早已管惯了，驾轻就熟，不费气力，尽有时间静心读书，不比在沈家，上面有一大辈的婆婆、婶婶，下面有一大堆的小叔、小姑，房屋小，挤在一处，乱哄哄的不得安宁，何论读书。

我的父亲接着叫母亲读的，是《瀛环志略》，是他到杭州乡试时买来的。他自己很喜欢这部书，也要母亲读。这是一部浅近的关于世界各国历史地理的书，文言，没有什么典故，但母亲却感到困难，因为书内讲到的事，太生疏了。

外祖父的医学著作，写成了初稿，名为《内经素问校注新诠》；校注者谓对前人注释有所取舍也，新诠者谓于旧注之外复就自己临床经验有新的发挥也。外祖父的大弟子有一二人对此书感兴趣，各抄了一份，我的父亲也抄了一份。直到三十年后，我的表兄陈蕴玉（以后还要讲到他）从我家借了这书稿去，说是打算私资付印，可是后来这个花花公子既未付印，连原稿都遗失了。

我的父亲、母亲婚后住在外祖父家直到我的曾祖父告老回家。那时我已满周岁半。我生的时候，曾祖父还在梧州税关上，家里给他打了电报，因为我是长房长曾孙，他来信给我取个小名叫燕昌，大名叫德鸿。按照沈家排行，我父亲一辈的名字中间是永字，下边一个字是金字旁。我父亲名永锡，这是用的《诗经》上的一句："孝子不匮，永锡尔类。"我这一辈是德字排行，下面一个字要用水旁（按照五行，金下应是水），所以我的名字叫德鸿。小名为什么取燕昌呢？因为这一年梧州税关来的燕子特别多，迷信认为这是祥兆，就取了这个小名。但是我这个小名从来没有用过，家中人自祖父母以下都不叫我小名，而叫我德鸿。

从此以后，我的母亲算是正式离开娘家住到婆家来了。我的舅舅（外祖父的老来子）此时有十来岁了。他一向是我母亲照管的，他怕姊姊（我的母亲）甚于怕他的父亲，虽然我的母亲从没骂他，更不用说打他了。

父亲的抱负

　　外祖父逝世后，母亲回家，我亦跟着回家了。两年后曾祖父去世，老三房分家。下一年，我五岁，母亲以为我该上学了，想叫我进我们家的家塾。但是父亲不同意，他有些新的教材要我学习，但猜想起来，祖父是不肯教这些新东西的。他就干脆不让我进家塾。而要母亲在我们卧室里教我。这些新的教材是上海澄衷学堂的《字课图识》，以及《天文歌略》和《地理歌略》；后两者是父亲要母亲从《正蒙必读》里亲手抄下来的。母亲问父亲：为什么不教历史？父亲说，没有浅近文言的历史读本。他要母亲试编一本。于是母亲就按她初嫁时父亲要她读的《史鉴节要》，用浅近文言，从三皇五帝开始，编一节，教一节。

　　为什么父亲自己不教我，而要母亲教我呢？因为一则此时祖母当家，母亲吃现成饭，有空闲；二则，——也是主要的，是父亲忙于他自己的事，也可以说是他的做学问的计划。

　　父亲结婚那年，正是中日甲午战争的那一年。清朝的以慈禧太后为首的投降派，在这一战争中丧师辱国割地求和，引起了全国人民的义愤。康有为领导的公车上书，对于富有爱国心的士大夫，是一个很大的刺激。变法图强的呼声，震动全国。乌镇也波及到了。我的父亲变成了维新派。亲戚中如卢鉴泉（即曾祖父的女婿卢蓉裳前室之子），朋友中如沈听蕉（鸣谦），都与父亲思想接近。父亲虽然从小学八股，中了秀才，但他心底里讨厌八股。他喜欢的是数学。恰好家里有一部上海图书集成公司出版的《古今图书集成》（那是曾祖父在汉口经商走运时买下来的）。父亲从这部大类书中找到学数学的书。由浅入深自学起来。他还自制了一副算筹（用竹片），十分精致。（母亲一直保存着直到她逝世。）但当时，曾祖父尚在，父亲只能偷偷学习，而且结婚以前，父亲没有钱，不能购买那时候已在上海出版的一些新书。

当时，（曾祖父尚在梧州）老三房各房的用度，都由曾祖父供给，家中称为公账开支；这公账包括了老三房各房的一切费用，外加零用钱，每房每月五元。祖父一房，大小八口（祖父、母，包括父亲在内的六个儿子女儿），每月零用也就只这五元（祖父是没有职业的，也没有收入），统归祖母掌握，如果父亲向祖母要钱买书，祖母就会说：家里有那么多书，还要买？

但在结婚以后，父亲知道母亲有填箱银元八百元，他就觉得他的一些计划可以实现了。这些计划，除了买书，还有同母亲到上海、杭州见见世面，到苏州游玩等等（父亲那时也没有到过上海、苏州），甚至还想到日本留学。当时母亲笑道："你没有当过家，以为八百块钱是个大数目，可以做这，做那。我当过家，成百上千的钱常常在我手上进出，我料想这八百元大概只够你买书罢了。"

事实上，当时曾祖父尚在，除了到杭州乡试，是不许父亲到别处去"见世面"的，何况到日本！曾祖父自己三十岁到过上海，后来走南闯北，是最喜欢新环境，新事业的，不料他管教儿孙却另是一套。

父亲暂时只能满足于买书，求新知识。他根据上海的《申报》广告，买了一些声、光、化、电的书，也买了一些介绍欧、美各国政治、经济制度的新书，还买了介绍欧洲西医西药的书。

曾祖父告老回家之第二年，四月间，光绪帝下诏定国是，决定变法维新。几个月内，接二连三下了好些上谕，例如试士改八股文为策论，开办京师大学堂，改各省省会之书院为高等学堂，府城之书院为中学堂，州、县之书院为小学堂，皆兼习中西学术。命各省督抚劝导绅民发展农政、工艺，优奖创制新法者。煌煌政令，如火如荼，人心大为振奋，可是各省督抚迟疑观望，阳奉阴违。突然，八月初六日，慈禧太后再出亲政，将光绪幽拘于瀛台，杀谭嗣同等六人，通缉康有为、梁启超。百日维新，至此遂告结束。这就是历史上有名的戊戌政变。

我的父亲空高兴了一场。当维新变法正当高潮时，我的父亲计划到杭州进新立的高等学堂，然后再考取到日本留学的官费，如果考不上，就到北京进京师大学堂。而今都落空了。

庚子（八国联军攻陷北京）秋，曾祖父病逝。这些事接着而来，父亲的出游志愿，自然要搁起来了，而况母亲第二次怀孕，次年生下我的弟弟。

戊戌政变后的第四年，即壬寅（一九〇二年）秋，举行乡试，废八股，考策论。父亲本来不想应试，但是亲友们都劝他去。卢鉴泉自己要去，也劝父亲去。于是结伴到杭州应考的，有五六人。沈听蕉素来不想应乡试，但想趁热闹到杭州玩一次，也同去了。

父亲下了头场，就得了疟疾，他买了金鸡纳霜（即奎宁），服下后疟止，勉强下了二场。没有考第三场，自然"中式"无望。但这次到杭州，未入场前，逛了书坊，买了不少书，其中有买给母亲的一些旧小说（《西游记》《封神榜》《三国演义》《东周列国志》），和上海新出的文言译的西洋名著。父亲还拍了一张六时的半身照相，这张照片一直挂在卧室内靠近大床的墙上，直到父亲逝世。

这是父亲最后一次出门，一年后他病倒了。

壬寅乡试是补行庚子、辛丑恩正并科，也是清朝举行的倒数最后第二次的乡试（最后一次即癸卯科），卢鉴泉于壬寅中式第九名。同镇另一个中式的是严槐林。

父亲的三年之病

前已说过，父亲在杭州乡试时得了疟疾，用奎宁治疗，回家后又生过小病；接着是长寿舅父的去世，父亲和母亲在外祖母家住了将近一个月，父亲先回家，就有低烧，盗汗，他自己开个方子服了几帖，也不见效。接着是母亲也回家了，她看见父亲脸上气色，觉得不妙，问是什么病，父亲自己说，也还在摸索。总之，不是什么伤风感冒之类。这就见得问题复杂了。父亲自己开方，用的是温补之药。母亲认为此番的病是考试时服了西药，把疟疾遏止，余势未消之故。母亲争辩说："我没学过医，可是常听爸爸说，疟疾宜表不宜遏。"父亲却相信奎宁治疟并不是什么遏止。母亲见父亲不听，便写了几封信，请外祖父的门生（包括姚圯塘）来给父亲会诊。来了七八个人，倒有一大半是和母亲的看法大致相同。姚医生的看法却和我父亲差不多。最后，取了折中办法，仍用原方，加一二味表药。服了三四帖，不见坏，也不见好。父亲还是天天起来，只是觉得容易疲劳而已。渐渐地，母亲也不那么焦急了，觉得这不是急病，拖个把月，慢慢打听有什么神医，大概不会误事。

因为母亲说要打听有什么神医，祖父、祖母却想起十几年前的一件事情。原来父亲幼时（大概九、十岁）曾患一场怪病，也是往常有低烧，有盗汗，那时也是众医束手；拖了半年多，忽然听说本镇到了一个和尚（他是镇上某富户托人请来看病的），精于太素脉，善治疑难病症。当时托人请这和尚来诊视，开了个方子，说可以长服，一个月后当见效，否则，也就不必再服，可到杭州某寺找他。照方服了一个月，果然有效，守着这个方子服了半年，病完全好了。这个方子当时藏在一方大砚台下。大砚台在楼下书房（即祖父教几个儿子侄儿读书那间房），母亲去找，果然方子还在，还有当年和尚留下的他在杭州的住处。母亲高兴极了，就同父亲商量，如何派人到杭州找和尚。父亲说，和尚云游，时隔十多年，知他还在杭州否，不如先照和尚方子服几帖再说。可是母亲瞒着父亲写个字条送给宝珠，叫她想法。随即阿秀来了，说外祖母正在设法，好端要弄个明白：那和尚是否还在。

父亲服了那方子，果然有效。盗汗止了，低烧时有时无。母亲认为这和尚真有本事，更加盼望能找到他。

但就在这时候，我的弟弟（那时虚数三岁）忽然病了；父亲开方，吃了没用。而弟弟的病来势甚猛，三五天就不进饮食。母亲又通知了外祖父的那些门生。于是又来会诊，改变前方，另拟新剂，服了二帖，仍然无效，病儿却渐呼吸都很微弱。母亲决心请她的六叔（渭卿）来治。考虑到老人家久已不诊病，母亲就自己去请，说，好歹拉他来一趟。母亲坐了船去，希望原船接回渭老。父亲的那些师兄师弟，此时天天都来会诊，看见"师妹"亲自去请渭老，他们都坐着等待。他们一边等，一边同父亲谈弟弟的病，一边传观和尚那张方子，都说，怎么方子上只开病情不作判断，又说看他一手字，便知是"老斫轮手"。从午时等到太阳西斜，方见粟香进来，大家都心里说，"这回连师妹也请不动了么"，可又见母亲扶着渭老慢慢进来。

　　这一下，登时热闹起来。茶点早已摆齐，渭老上坐，听父亲简单明了地报告弟弟起病及医治过程，问了句"到今天是第八天了"，然后细看了前后各方，就由母亲扶着，父亲与粟香相随，都上楼去了。看过病儿，渭老下楼来立即开方，寥寥几行字，搁笔，对父亲和母亲说："死马当活马医吧。"父亲等看了方子，都大惊失色，原来这方子同他们连日的方子全然不同，其中用量最重的两味药是东瓜子，东瓜皮。（这里，我是完全根据母亲对我所说记下来的。母亲在事隔七八年后对我讲这件事时，也说不清弟弟患的是什么病，也只记得渭老开的方子中间有这两味药。）

　　渭老走后，父亲的师兄师弟们都还不走，议论纷纷，可是母亲已经叫人抓药，煎服好立即服下。客人们都佩服这位"师妹"真有决断，也都告辞，说明天来听好消息——实际他们心里是怀疑的。

　　那晚上，弟弟居然睡得安稳。半夜醒来，居然说肚子饿了。连服三帖，病已痊愈。母亲连忙写信，与父亲连名，感谢渭老。正想派人送去，忽然阿秀进来了，随后是宝珠扶着外祖母。原来外祖母结伴到杭州烧香，主要是找那和尚。事隔多年，杭州所有寺庙都访过了，都不知有此和尚。外祖母坐定，才把找不到和尚的事，告诉父亲。父亲说：果然那和尚云游不知去向，不要再水中捞月了。外祖母抱着病后初愈的弟弟却对父亲说："老头子（指外祖父）在世时常说，树皮草根，只治得病，不能治命，看来姑爷——"外祖母声音哽咽，说不下去。父亲苦笑道："讲到命，也许突然又来个神医。君子安命，我是一点也不担心。"母亲接着说："也只好这样，自安自慰吧，死生有命。"

大概是我八岁的时候，父亲病倒了。

最初，父亲每天还是挣扎着从床上起来，坐在房中窗前读书一二小时，然后又卧。他那时还是对数学最有兴趣，他自习小代数，大代数，几何，微积分（那时新出的谢洪赉编的），其次是喜欢声、光、化、电一类的书，又其次是世界各国历史、地理的书。也看那时留日学生所办的鼓吹革命的报刊。

又到年关了。这个时候，在乌镇通常是一年最冷的时候，常常下雪。乌镇一带地区的房屋构造是不保温的，也没有取暖设备，因此显得特别冷。父亲此时只好整天躺在床上，盖着厚的丝绵被；他常常支起双腿，躺着看书。不料腊月既过，天气渐转暖和时，父亲的两条腿不能放平，好像因为长久支起，筋已缩短。如果别人帮着用力拉，是可以拉平的，但因父亲脸上有痛苦表情，妈妈不忍，就让这样支起。（直到死，还是这样。殓时有人拉了一下，才放平了，但那时妈妈倘看见，也会伤心的。）

然而除了渐渐转动不便（在床上翻身，也要妈妈帮他），别无痛苦。饭量照样好，每天外祖母送来各种滋补的食品，父亲都能吃，然而人却一天一天消瘦下去。

母亲现在不得不日夜守着父亲。白天，她经常替父亲拿着翻开的书籍竖立在父亲胸前让他看，而在看完一页以后翻过新的一页。父亲此时连举手捧书也觉得困难了。他自己叹气说："怎么，筋骨一点一点僵硬了。"当真，他巍颤颤地举起手来时，五个指头拿东西显得不平稳，而且举了一下就觉得"重"，不得不放下了。

那时，弟弟住在外祖母家，宝珠管他。我每天到隔壁的立志小学读书。我每天下午三时便放学了，回家来，母亲便教我坐在床沿，执着书，竖立在父亲胸前让他看。而乘此时候，母亲下楼去洗衣服，因为父亲大小便都在床上，衣服得一天换一次。

有一天，我正在执书让父亲看，父亲忽然说："不看了。"停一会儿，又说："拿刀来。"这是指我们房中的一把剖切瓜果之类的钢刀。长方形，长有半尺，宽有寸半，带一个木柄。我拿了刀来，问道："做什么？"父亲说："手指甲太长了，刀给我。"那时我原也觉得诧异，手指甲怎么能用刀削呢？但还是把刀给了父亲。父亲手拿刀，朝刀看了一会儿，终于把刀放下，叫我拿走。父亲也不看书了，叫我去看看母亲洗衣完了没有。我下楼，看见母亲已洗完衣服，就对她说："爸爸欲剪指甲。"

母亲就上楼去了。后来我再进房去，看见母亲坐在床沿上，低着头，眼眶有点红，像是哭过。到晚上，等父亲睡着了，母亲悄悄告诉我，父亲叫我拿刀给他，他想自杀。原来母亲听我说父亲要剪指甲。进房后就要给父亲剪指甲。父亲自己却把刚才想要自杀的事情告诉了母亲，他说，"病是一定没有好的希望了。这样拖下去，何年何月可了，可不把你拖累了么？"而且他自己也一天一天不耐烦了，一举一动都得人帮助，这也不好受呀。父亲又对母亲说，虽然暂时不缺钱，但明知病不能好，每天花不少钱弄吃的，这不是白花了吗？还不如省下来，留给母亲和我们吧。父亲又说：教养两个孩子成人，没有他，母亲也会办得很好，只要有钱，母亲什么都能办好。这都是父亲想自杀的原因。母亲自然认为这些都不成其为理由。母亲认为父亲的病还有希望可以治好。即使不能治好，只要不死，瘫痪怕什么？大家都在想法，如何使父亲不感到寂寞，不感到任何不便。而且父亲除了不能动，原也没有什么痛苦，为什么就"活得不耐烦"了？

据母亲说，父亲终于答应，不再起自杀的念头了。但是母亲仍不放心，切实叮嘱我：以后把刀子藏好，剪子也要藏好，都不许再给父亲了。

这半年里，每逢星期，外祖母早上派阿秀送食品来，顺便带我到外祖母家吃过午饭，又由阿秀带了我和弟弟一同回来玩一会，然后同弟弟回去。又逢到星期了，阿秀又来了，母亲却不让我去。父亲知道母亲的用意，便笑道："让他去，我答应过了，一定守信用。"

午后，阿秀和我及弟弟回来了，阿秀把一个衣包给母亲。母亲打开一看，原来是给我和母亲做的新衣，有夹的，也有单的。阿秀说，这都是宝珠做的，料想母亲一定忙不过来，以后，我们的衣服都由她做，还向母亲要了父亲衣服的尺寸去，母亲却将事先写好的一个字条偷偷交给阿秀带回去。

隔了一天，外祖母带了宝珠和阿秀来了。外祖母对母亲说："你说暂时瞒着姑爷，我却要推开天窗说亮话。"父亲摸不着头脑。外祖母又说："请郎中瞒着病人，不好。"父亲听这样一说，便猜着几分了，说，"又有什么和尚道士会医的吧。"外祖母说："不是和尚道士，是东洋鬼子。"于是就一五一十都说明白。原来是母亲听说南浔镇（离乌镇约二三十里，太平天国后许多暴发户都出在这个镇上）有个西医院，医生是日本人，请外祖母设法打听。外祖母派陆大叔去了一天，打听明白，这个医院的日本医生可以出诊，诊费每日十元，外加伙食费每日五元，药费另算，到乌镇来回作三天算，如请来诊，合计大概要五十余元。

父亲听了摇头，说："何必花这笔冤枉钱。日本人未必有本事治这怪病。"

外祖母说："姑爷，管他能治不能治，请来识识也好。五十多块钱，我还不算一回事。"

母亲和宝珠也帮着说。父亲最后只好同意。于是母亲写了封信给那个医院，请于五天后派医生来镇，并付定洋四十元。

到期，外祖母和宝珠带阿秀一早就到我家等候。祖父不愿见外国人，出外找朋友去了。祖母、大姑母也都躲开，三个叔叔好奇，赖在客堂，却被外祖母赶走。

大约十点钟，医生来了，却是个女的，三十来岁，带个翻译，四十左右，还有个女看护（中国人），二十来岁。外祖母问那翻译："医生呢？还在船上？"翻译指那日本女人，说她就是医生。外祖母很不高兴，正想发作，幸而母亲下来了，对外祖母说："女的也一样，请他们上楼吧。"于是都上楼去，挤满了一房。女医生倒很大方，脱了木屐，爬到床上，开始诊病，此时正当初夏，气温较高。翻译说，病人该脱上衣，母亲和宝珠，那个女护士，三人一齐动手，才把父亲的上衣脱下。照例听、敲以后，医生按着父亲的胸脯，问"痛不痛？"又使劲捏住父亲的手臂关节，问"痛不痛？"父亲都摇头。医生向翻译叽哩咕鲁说了几句。翻译说：该脱裤子看看。外祖母听着笑了。宝珠有点害羞，站远了点儿。母亲便同那女护士替父亲脱裤子。医生按着父亲的支起的两腿，又向翻译说了几句。翻译问：病人的腿能不能伸直？老是这样支起的吗？母来叹气回答：一年多了。医生又把听诊器按在病人肚上，这边，那边，听了好一会，又要父亲侧卧，把听诊器在背脊从上到下都听过了。蹲在床上一会儿，看着病人全身无肉，摇了摇头，这才下床来，向翻译说了几句。翻译说：诊断完了，下楼去吧。母亲拿一条夹被给父亲盖好，留阿秀在房，便一同下楼。

到了客堂，外祖母请医生等吃茶点，一边问：这病有办法医治么？翻译同医生商量了好多时候，然后回答：老太太明白，病人全身肉都落尽了，又听说饮食照常，这个，你们小心照管，不会马上出事。外祖母又问：这是什么病？翻译又同医生讲了几句，拿起桌子上的纸、笔，写了两个大字：骨痨。

母亲看是"痨"，就有点吃惊，问翻译道："骨痨是什么？"翻译回答：这是痨病的虫子钻到骨头里去了。

母亲便不再问。外祖母和宝珠也不出声，神色都变了。

女护士打开一个大皮包，医生从中拣出两三个玻璃瓶，瓶内有药丸，也有药粉。医生各取若干，分别包成二十多包，向翻译说了一通。翻译便说：这药丸和药粉每天各吃一包。这时，医生对外祖母鞠躬，便带着护士往外走。宝珠拉住那个翻译问：是什么药，管什么？翻译回答：都是开胃药，兼带润肠。又说，诊断完了，我们下午便回南浔。此时护士又回来说：药价四元。

外祖母又同母亲、宝珠上楼去，祖母也出面了，同到父亲房里，母亲把医生的诊断简短说了一说，便问父亲："你知道什么叫骨痨？"父亲想了半天回答道："中国医书上没有这个病名。痨病虫子是土话。我看过西医的书，说肺痨西医名为肺结核，这结核是菌，会移动。想来是移动到骨髓里去了。这病是没法治了。东洋医生给的药，吃也无用。"

父亲说话时心气平静。外祖母和宝珠都哭了。父亲笑道："原来说是来看看，弄个清楚，如今知道了是不治之症，我倒安心了。但不知还能活几天？我有许多事要预先安排好。"

从此以后，父亲不再看书了，却和母亲低声商量什么事。一二天后，父亲口说，母亲笔录。我在旁虽然听得，却不解其意义。母亲一面笔录，一面下泪，笔录完，母亲重念一遍，父亲点头说：就是这样吧。但是母亲想了一会儿说："这桩大事，我写了，人家会说不是你的主张，应当请公公来写。"父亲听了，苦笑道："你想得周到。"于是叫我去请祖父来。祖父来后，父亲不把母亲写好的底稿给他看，而自己再念一遍，请祖父写。最后二句，我却听懂了："沈伯蕃口述，父砚耕笔录。"还有年、月、日。后来我知道这是遗嘱。要点如下：中国大势，除非有第二次的变法维新，便要被列强瓜分，而两者都必然要振兴实业，需要理工人才；如果不愿在国内做亡国奴，有了理工这个本领，国外到处可以谋生。遗嘱上又嘱咐我和弟弟不要误解自由、平等的意义。立遗嘱后的一天，父亲叫母亲整理书籍；医学书都送给别人，小说留着，却指着一本谭嗣同的《仁学》对我说："这是一大奇书，你现在看不懂，将来大概能看懂的。"

从此以后，父亲不再看数学方面的书，却天天议论国家大事，常常讲日本怎样因明治维新而成强国。还常常勉励我："大丈夫要以天下为己任。"并反复说明这句话的意义。母亲要我做个有志气的人，俗话语"长兄为父"，弟弟将来如何，全在我做个什么榜样。

第二年夏季，气候酷热，母亲见从前预备给曾祖父住的二间楼房（家中称为新屋）此时空着，便找人背着父亲住到新屋的靠西一间楼下。安排我和弟弟住在靠东一间楼下。在这夏末秋初，父亲去世了。父亲死时并无痛苦之状，像睡着似的永远不醒来了。当母亲唤父亲不应时，还以为父亲睡酣，但脸上血色全没有了，摸摸脉搏，才知道父亲真个离开爱妻和娇儿，到他常常想念的第二次变法维新国富兵强的中国去了。

我和弟弟正在写字，听得母亲一声裂帛似的号咷，急忙奔去，却见母亲正在给父亲换衣服，我和弟弟都哭了。一会儿，家里人都来了。七手八脚想帮助母亲。但是母亲摇手，泪如雨下。母亲亲手用热毛巾把父亲全身擦干净，换上殓衣，很小心地仍让父亲的两腿支起。

父亲的遗体移到楼下靠东，平常作为会客室的一间。母亲始终只是吞声呜咽。直到外祖母和宝珠哭着进来时，这才放声大哭。

因为天热，第二天就殓了。丧事既毕，母亲在父亲逝世的屋内设一个小灵堂，只供一对花瓶，时常换插鲜花。父亲的照片朝外挂着。照片镜框的两侧，母亲恭楷写的对子是：幼诵孔孟之言，长学声光化电，忧国忧家，斯人斯疾，奈何长才未展，死不瞑目；良人亦即良师，十年互勉互励，雹碎春红，百身莫赎，从今誓守遗言，管教双雏。

父亲终年三十四岁。

那些难忘的人

态度沉着，一对聪明而又好作深思的眼睛，

长长的睫毛，异常清秀端庄的面孔，

说话带点羞涩的表情——这样一个年青人，

这样一个投身于艰苦的战斗生活的年青人，

仿佛在他身上就能看出中华民族的最优秀的儿女们的面影。

我的学化学的朋友

前年冬天，偶然碰到了阔别十年的老朋友K。几句寒暄以后，K就很感触似的说：

"这十年工夫，中国真变得快！"

"哦——"

我含糊应了一声，心里以为K这"中国真变得快"的议论大概是很用心看了几天报纸的结果。他那时新回中国。他在外国十年，从没看过中国报纸，——不，应该说他从来不看报，无论中外。他是研习化学的，试验管和显微镜是他整个的生命，整个的世界！

K看了我一眼，慢慢地吸着"白金龙"，又慢慢地喷出烟气来，然后慢慢地摇着头，申述他的感想——或者可说是印象：

"船到杨树浦，还不觉得什么异样；坐了接客小轮到铜人码头上岸，可就不同了！我出国的时候，这一带还没有七八层高的摩天楼。嗳，我是说那座'沙逊房子'，可不是从前还没有？——第二天，亲戚世交都来了帖子请吃饭；看看那些酒馆的店号，自然陌生，那马路的名字倒还面熟，——×路，你记得的罢？民国九年，密司W逃婚逃到了上海，就住在×路的一个旅馆里，你和我都去看望过她。那时候，我们都是热腾腾的'五四青年'，密司W的逃婚我们是百分之百拥护的——这些事，现在想来，我自己总要笑，但×马路却永远不能忘记了，在外国十年，只有这条马路我记得明明白白！可是今回我就闹了一个笑话。车夫拉到了×马路，我还不知道；我看见车夫停下车来，我就板起面孔喊他：'怎么半路里停下来了？我是老上海，你不要乱敲竹杠！'……"

"哈哈哈哈！"

我忍不住大笑。

K也微微一笑，但是立刻又皱了眉头，接下去——

"当真，上海许多马路变到不认识了！后来，我一天一天怕出门了。回国已半个月，今天还是第三次出门呢！"

"是不是怕像上次那样闹笑话？"

"不然！马路换了样，是小事。我觉得上海的人全都换了样。尤其是上海的女人，当真我看不惯！"

听得这么说，我又笑了。那时候上海女人的时装是长旗袍外面套一件短大衣，细而长的假眉毛，和一头蓬松松的长头发。这和K出国那时所见密司W她们的装束显然不同。我自以为懂得K的心情了，他那时很看重密司W，不妨说，有几分恋爱她；想来那时候的密司W的装束也在K的心上留下了不可磨灭的印象罢？因此他觉得眼前的时装女人都"看不惯"罢？可是看见K一脸严肃的劲道，我不好意思开玩笑，我只随便回答着。

"噢噢，那个——但是，K，你以为现在女人的时髦装束不好看么？"

"嘿！哪里谈得到好看不好看呢！简直是怪！"

K突然好像生气，大声叫了起来。于是，觉着我有点吃惊，他又放低了声浪，很悲哀似的接下去：

"老实告诉你，S，我觉得上海的女人简直是怪东西。说她们是外国人罢，她们可实在是中国人；说她们是中国人呢，哼！不像！我所记得的中国女人不是这样的！我不敢出来，就因为我看见了她们就感到不高兴，我好像到了陌生的地方，到了一个特别的国度！"

我睁大了眼睛，惊异到说不出话来。我想不到这位埋头在试验管和显微镜里的老朋友竟还有他个人的"哲学"。我看着K的脸，两道浓眉毛的紧皱纹表示了这位化学家的朴质的心正被化学以外的一些事苦恼着。我觉得应该多说几句话了，可是K又赶着先说道：

"譬如英国罢，——假使你要说譬如德国或法国，都一样；从前我并没有英国朋友，也没多见英国人，但是英国人，我能够了解他们。我读过英国历史，读过英国人所作的一些小说，读过关于英国民族性的书籍，所以我到了英国并不感到陌生，我知道那些面生的人们的思想和性格——或者用我们从前一句老话，人生观！现在上海可就不同了。上海这地方，就好像是一个新国度，历史上从来没有的；上海的男男女女就好像是一个新的人种，也是历史上从来没有的。从前我住在上海，并没有过这样的感觉，这次久别重来，我就分明感到了！我回到了故乡，可是我好像飘洋飘到了荒岛，什么都是异样的，我所不能了解的！"

"一点也不错，上海就是一个新国度。这个新国度就是你出国后十年之内加速度造成的。你不看见租界和华界之间有许多铁门么？这就是'上海国'的界线！"

"唉！"

我的朋友叹一口气，手撑住了下巴，不作声了。过了一会儿，他自言自语地说：

"真糟糕！我是家在上海的。光景非在这个'国度'里做老百姓不可了，然而我是一个陌生人，这真糟糕！"

"但是，K，如果你住上半年，你就能够懂得上海人了。"

我的口气，一点不带玩笑，K似乎很感动。他望了我一眼，性急地问道：

"有这一类的书么？最好是有书。你知道我是研究化学的，有机物或无机物，我都能够分析化验，但是碰到活活的人，我的拿手戏法就不中用了！我只能从书本子上去了解他们。"

"书是没有的。不过有法子。你先去读读《洋泾浜章程》；研究研究租界里的'华人教育'从前是怎样的，现在是怎样；你还应该去考察考察上海有多少教堂，多少传道所，你要去听听牧师的传道；你要统计一下，上海有许多电影院，开映的是什么影片；你还要留心读读上海出版的西字报和华字报：——这样下去半年，你自然会懂得上海人了。"

"太难，太难！"

K苦闷地摇着头说。

"那么还有一个办法：你不要一头钻在试验管和显微镜里，你大着胆子到处跑跑，——上海女子的猩红的嘴唇不会咬你一口的；你混上半年，就很够了，不过到了那时候，你自己也成了上海人，也许你依然不懂得上海人是怎样一种'民族'，然而你一定不会感到陌生！"

我说着又忍不住哈哈笑了。我知道我的这位老朋友的脾气；第一条路他不肯走，第二条路他也不能走，他是一个"书毒头"（书呆子）！

K似乎也明白我的笑声里的意义，他的左手摸着下巴，愕然睁大了眼睛，接着又摇了摇头，轻声说：

"大概乡下还是十年前的老样子罢？我应该说上海变得快，不是全中国，对不对？"

于是轮到我愕然张大了眼睛了。我真料不到K还是十年前的老脾气，抵死不看报纸。我拍着这位老朋友的肩膀，很诚恳地说：

"不错，K，你到乡下去住一下是很有益的！因为你那时就会知道乡下有些地方，有些人，也是你陌生的！那时你就知道中国境内不但有'上海国'，还有许多别的国！"

说到这里，我的老婆走了进来，我就不管K怎样鼓起了眼睛发怔，一把拉起他来，要他"凑一个搭子"打四圈麻将再说。

阿四的故事

他们都叫他"阿四"。

乡里顽皮的孩子都会唱一支从"阿大"到"阿九"的歌儿。

为什么就没有唱到"阿十"呢？那是谁也不得知。但总之，唱到"阿四"那一段最讨气。他最初听见了瞪着眼睛，后来只好一听见就逃走。

这是牵连着"阿四"的那一段歌词：

"阿四，阿四，屁股上生颗痣。娘看看怕势势①，爷看看割脱来拜利市。"

于是他恨着人家叫他"阿四"，也恨着自己为什么偏偏是"阿四"。

然而阿四他的故事并不是就此完了的。

正月里，他淌着清水鼻涕跟在娘背后到镇上人家讨年糕头。

---

① 怕势势，江浙方言。可怕、吓人的意思；下文的"拜利市"，为谢神、求吉利的意思。

二月里，他披着破夹祅跟在娘背后到河边摸螺蛳，到地里摘野菜挑马兰头。

三月里，娘忙了，他可乐了；他跑到爷管的租田东边那家镇上老爷的大坟地上玩去；他拾着了半枯的松球儿，也拾着了人家的断线鹞子，也看镇上的老爷太太小姐们穿得花绿绿地来上坟，照例他可以得一提粽子。

三月是阿四快乐的日子。他在爷光着背脊背着毒太阳落田的时候就盼望下一个三月；他在北风虎虎地叫，缩紧了肩膀躲在通风的屋角里，用小拳头发狠地揉着他的咕咕响的空肚子的时候，也偷偷地想着快要到来的三月，他盼过了一个，又盼第二个，一来一去，他也居然长成了十一二岁。

也许他竟有十二岁了，但是猴子似的。爷管的租田东边那镇上大户人家的坟地上的小松树还比他长得快些。上过了坟，大户人家那个红喷喷胖圆脸的老爷总叫他的爷，阿四的爷，往松树墩上挑泥。

阿四的身上却从来不"加泥"，所以那一年大热，他就病得半死。他是喝了那绿油油浓痰似的脏水起病的，浑身滚烫，张开眼不认识人。爷娘也不理他；好生生的人还愁饿死呢，管得了一个病小子？然而阿四居然不死。热退了，心头明白些的时候，他听得爷叹气朝娘说："死了倒干净！"

到桂花开的时候，阿四会爬到廊檐下晒太阳了。就像一条狗似的，他爬进爬出，永远没有人注意看他一眼的；人们，他的爷娘也在内，闹哄哄地从这家嚷到那家，像有天大的正经事。阿四虚弱的身体没有力气听，一听了只是耳朵里轰轰轰的；也没有力气看，看上两三分钟眼前就是一片乱金星。他只是垂着头靠在廊前的角里，做梦似的乱想些不相干的事。

他想到了大哥。他曾经有一个大哥，可是记不清哪一年被拉伕的拉了去，从此就没有了。他又想到他的二姊。他还有点记得起二姊的面孔。他知道二姊卖在镇里做丫头。二姊也许还有粥吃，——一想到吃，他就觉得自己肚子里要东西，可是他只咽了一口唾沫，乱七八糟再想下去。他的乏力的眼看见了他的河里捞起来浮肿了的三哥！他是人家雇了去赶黄鸭掉在河里死的。那时候，他，阿四，不过八九岁；那时候，爷哭，娘也哭；那时候，爷不说"死了倒干净"呢！

于是阿四就觉得有一团东西从心口涌上来，塞住在喉头。他暂时什么想念都没有，像昏去了似的。

也不知过去了多少时光，阿四的昏迷的神经忽然嗅到了一股香味。他的精神吊起来了，睁眼一看，稻场上是许多人，都拿着锄头铁耙。"阿四！"他又听得叫，是娘的声音。他这才又看见娘伛了腰站在他面前，手里是一只碗，那香气就从碗里来的。这是很厚的粥汤！是真正的粥汤，跟往日的不同！

阿四可不知道这一碗粥汤的历史。他不知道这是他的村里还有他的邻里几百人拼性命去换来的。他不知道这是抢来的，差一点他的爷娘吃着了枪子。他万万想不到这里头也有血的。他咕咕几口就吞了下去。

然而这就使得他的耳朵灵些。轰轰轰的声音少了些，他仿佛听得有人喊道："镇上他们守得好，他们祖宗的坟都在我们乡下呀！"

坟么？阿四忽然又忘不了他的"快乐的三月"了。然而他的爷的声音又打断了他的思想。爷说："坟里还有值钱的东西呢！"接着就用手指着东方。阿四知道这是指那个他常常去玩的坟了。他觉得有点高兴，似也好像有点难过；可是他的高兴或难过算得什么，他听得稻场上的人们蓦地一声喊，像半天空打下个焦雷，他的虚弱的身体就又有点发慌，眼前又是一片乱金星，耳朵里又是轰轰轰。

等到他再能看能听的时候，稻场上已经没有人了，从东方却来了杭育杭育的喊声，还夹杂着听不清的嚷叫。像有鬼附在身上，他爬了几步，他爬到稻场的东头，他看见了：他的爷和村里人站在那坟墩上举高了锄头。

他呆呆地望着，不懂得爷和村里人干些什么；他也不想要懂得。

可是随后他到底懂了。忽然他那"快乐的三月"又在他心上一闪——不，简直像是踹了他一脚，他渺渺茫茫起了这样的感想：明年三月里没有人来上坟了，他得不到一提粽子了。

　　正这么想着，忽然听得那边一声轰天的欢呼，几十人像一个人似的欢呼了一下；他不由得也站了起来，也笑了一笑，但是腿一软，他又跌在地上。他躺在那里，有意无意地听着，也有意无意地想着。他觉得是有什么一个东西在他心头隐隐现现，像同他捉迷藏；末了，他好像捉住了那东西，瘦脸上淡淡一笑，自言自语地说："谁稀罕那几只粽子！"

马达①的故事

一、马达的"屋子"

东山教员住宅区有它的特殊的情调。

这是一到了这"住宅区"的人们立刻就会感到的，然而，非待参观过各位教员的各种个性的"住宅"以后，说不出它的特殊在哪里；而且，非得住上这么半天，最好是候到他们工作完毕，都下来休息了，一堆一堆坐着站着谈天说地，而他们的年青的太太们也都带着儿女们出来散步，这高冈上的住宅区前面那一片广场上交响着滔滔的雄辩，圆朗的歌音，及女性的和婴儿的咿咿呀呀学语的柔和细碎的话声的时候，其所谓特殊情调的感觉也未必能完整。

而在这中间，马达的巨人型的身材，他那方脸、浓眉、阔嘴，他那叉开了两腿，石像似的站着的姿势，他那老是爱用轩动眉毛来代替笑的表情，而最后，斜插在嘴角的他那枝硕大无比的烟斗，便

---

① 马达（1904—1978），广西北流人。木刻家。

是整个特殊中尤其突出的典型。

不曾听说马达有爱人，也没有谁发见过马达在找爱人：他是"东山教员"集团内少数光棍中间最为典型的光棍。他的"住宅"就说明了他这一典型，他的"住宅"代表了他的个性。没有参观过马达的"住宅"，就不会对于"东山教员住宅区"的各个"住宅"的个性了解得十分完整。

门前两旁，留存的黄土层被他削成方方整整下广上锐的台阶形，给你扑面就来一股坚实朴质的气氛，当斜阳的余晕从对面山顶淡淡地抹在这边山冈的时候，我们的马达如果高高地坐在这台阶的最上一层，谁要说这不是达·芬奇的雕像，那他便是没眼睛。白木的门框，白木的门；上半截的方格眼蒙着白纱。门楣上刻着两个字：马达。阳文，涂黑，雄浑而严肃，犹似他的人。

但是门以内的情调可不是这般单纯了。土质的斗型的工作桌子，庄重而凝定，然而桌面的二十五度的倾斜，又多添了流动的气韵。后半室是高起二尺许的土台，床在中心，四面离空，几块玲珑多孔的巨石作了床架，床下地面繁星一般铺了些小小的石卵，其中有些是会闪耀着金属的光辉。一床薄被，一张猩红的毯子，都叠成方块，斜放在床角。这一切，给你的感觉是凝定之中有流动，端庄之中有婀娜，突兀之中却又有平易。特别还有海洋的气氛，你觉得他那床仿佛是个岛，又仿佛是粗阔的波涛上的一叶扁舟。

然而这还没有说尽了马达这"屋子"的个性。为防洞塌，室内支有木架，这是粗线条的玩意。可是不知他从哪里去弄来了一枝野藤（也许不是藤，总之是这一类的东西），沿着木架，盘绕在床前头顶，小小的尖圆的绿叶，璎珞倒垂。近根处的木柱上，一把小小的铜剑斜入木半寸，好像这是从哪里飞来的，铿然斜砍在柱上以后，就不曾拔去。

朝外的土壁上，标本似的钉着一枝连叶带穗的茁壮的小米。斗型的工作台上摆着全副的木刻刀，排队一般，似乎在告诉你：他们是随时准备出动的。两边土壁上参差地有些小洞，这是壁橱，一只小巧的表挂在左边。一句话，所有的小物件都占有了恰当的位置，整个儿构成了媚柔幽娴的调子。

巨人型的马达，就住了这么一个"屋子"。一切都是他亲手布置，一切都染有他的个性。他在这里工作，阔嘴角斜叼着他那硕大无比的烟斗。他沉默，然而这像是沉默的海似的沉默。他不大笑，轩动着他的浓重的眉毛就是他代替了笑的。

二、马达的烟斗和小提琴

认识马达的人，先认识他的大烟斗。

马达的大烟斗，是他亲手制造的。

"这有几斤重罢？"人们开玩笑对他说。

于是马达的浓眉毛轩动了，他那严肃的方脸上掠过了天真的波动似的笑影。他郑重地从嘴角上取下他的烟斗，放在眼前看了一眼，似乎在对烟斗说："嘿！你这家伙！"

他可以让人家欣赏他的烟斗。像父母将怀抱中的爱子递给人家抱一抱似的，他将他的烟斗交在人家手里。

那"斗"是什么硬木的老根做的，浑圆的一段，直径足有一寸五分。差不多跟鼓槌一样的硬木枝（但自然比真正的鼓槌小些），便作成了"杆"，插在那浑圆的一段内。

欣赏者擎起这家伙，作着敲的姿势，赞叹道："呵，这简直是个木榔头（槌子）呢！"他仰脸看着马达，想要问一句道，"是不是你觉得非这么大这么重，就嫌不称手？"可是马达的眉毛又轩动了，他从对方的眼光中已经读到了对方心里的话语，他只轻声说了七个字："相当的材料没有。"

"这杆子里的孔，用什么工具钻的？"

"木刻刀。"回答也只有三个字。

这三个字的回答使得欣赏者大为惊异，比看着这大烟斗本身还要惊异些，凭常情推断，也可以想象到，一把木刻刀要在这长约四寸的硬木枝中穿一道孔，该不是怎样容易的。马达的浓眉毛又轩动了，他从欣赏者脸上的表情明白了他心里的意思；但这回他只天真地轩动眉毛而已，说明是不必要的，也是像他这样的人所想不到的。

可不是，原始人凭一双空手还创造了个世界呢，何况他还有一把木刻刀！

市上卖的不是没有烟斗。这是外边来的粗糙的工业制造品，五毛钱可以买到一支。虽说是粗糙的工业制造品，但在一般人看来，还不是比马达手制的大家伙精致些。鄙视工业制造品的心理，马达是没有的，即使是粗糙的东西。然而这五毛钱的家伙可小巧得出奇。要是让马达叼在嘴角，那简直像是一只大海碗的边上挂着一支小小的寸把长的瓷质的中国式汤匙。

"你也买过现成的烟斗么？"欣赏者又贸贸然问了。

"买过，"马达俯首看着欣赏者的脸，轻声说，于是他慢慢地抬起头来，看着遥远的空际，他那富于强劲的筋肉的方脸上又隐约浮过了柔和而天真的波纹，似乎他在遥远的空际望到了遥远的然而又近在目前的过去，"买过的，"他又轻声说，"比这一支小些！"

他从欣赏者手里接过了他的爱人一般的大烟斗。又开了两腿，他石像似的站着，从烟斗里一缕一缕的青烟袅绕上升，在他那方脸上掠过，好像高冈上的一朵横云。刹那间云烟散了，一对柔和的眼睛沉静地看着你，看着周围的一切，看着这世界宇宙。于是你会唤起了什么的回忆：那是海，平静的海，阔大，而且和易，海鸥们在它面上扑着翼子，追逐游戏，但是在这平静和易之下，深深的，几十尺以下，深深的蛟龙潜伏在那里，而且，当高空疾风震雷闪电突然际会的时候，这平静的海又将如何，谁又能知道呢？

一天，夕阳西下，东山教员住宅区前那一片广场上照例喧腾着笑声，歌声，谈话的时候，人们忽然觉得缺少了什么东西。

叉开了两腿，叼着大烟斗，石像似的站着，只用轩动眉毛来代替笑的马达，不在这里。当他照例那样站着和人们在一处的时候，人们不一定时时想着："哦！马达在这里！"但当这巨人型的马达忽然不在的时候，人们就很尖锐地感到缺少了一件不能缺少的东西。

"马达正在向他的爱人进攻呢！"和马达作紧邻的人笑了说，"马达是会用水磨功夫的！"

这一句不辨真假的话，可能立刻成为一个主题；戏剧家、小说家、诗人、漫画家、作曲家，甚至也还有理论家，一时会纷纷议论，感到极大的兴趣。女同志们睁大了眼睛听，同时也发表了她们的观察和分析。

不错，马达是正在用水磨功夫，对付——但不是人，而是一块薄薄的木板子。

当好奇者在马达"住宅"的门前发见了他的时候，这巨人正躬着腰，轻轻而又使劲地，按住一块薄薄的木板子，在一块砂石上作水磨，那种谨慎而又敏捷的姿势，好像十七八岁的小儿女在幽闺中刺绣。

谁要是看了这样专心致志而又兴趣盎然，还会贸然冲上去问一句："喂，马达同志，你这是干么的？"——那他真是十足的冒失鬼。

蹲在一旁，好奇者孜孜地看着：他渐渐忘记了马达，马达也似乎始终不曾见到他。

大烟斗里袅起青烟的当儿，马达轩动着眉毛，探身从土台的最高一级拿下个古怪的东西，给好奇者看。

"哦！"好奇者恍然大悟了。这是个小提琴的肚子，长颈子还没装上；这也是薄薄的木板——该说是木片，已经被弯成吕字形，中间十字式的木架撑住，麻绳扎着；这是极合规则的小提琴的肚子，但前后壁却还缺如。

"哦，"好奇者指着马达正作着水磨功夫的一块说，"这是装在那肚子上的罢？"

马达点头，又轩动着眉毛，满脸的笑意。

被水磨的那块板并不是怎样坚硬细致的木料，马达总希望将它弄到尽可能地光滑，他找不到砂皮，所以想出了水磨的法子。但是，已经被磨成吕字形的长条的薄木片，光滑固然未必十足，全体厚薄之匀称却是惊人的。

"呵！这样长而且薄的木板，你从哪里去弄来的？"好奇者吃惊地问。

"买来的，"马达静静地回答，柔和的眼光忽然闪动了，像是兴奋，又像是害羞，"新市场里买的。"

"哦！"好奇者仰脸注视着马达的面孔，"了不起！"这当儿，他的赞叹已经从木板移到人，他觉得别的且不说，光是能够"找到"这样的薄薄的木板，也就是"了不起"的事情。

马达完全理会得这个意思，他庄重地说道："买这容易。这是本地老百姓做蒸笼的框子用的！"

于是谈论移到了制造一个小提琴所必需的其他材料了。马达以为弦线最成问题。

"胡琴用的弦线，勉强也可以。"马达静静地说，从嘴角取下他那大烟斗。

躬着腰，他又专心一意兴趣盎然去对付那块木板了。好奇者默默地在一旁看，从那大烟斗想到未来的小提琴，相信它一定会被制成的。

隔了好几天，傍晚广场上照例的小堆小堆的人们中间，又照例的有叉开了两腿，叼着大烟斗的马达了。他的小提琴制成了罢？没有人问他，照例他不会先对人家提到这话儿。然而大家都知道，制成是没有疑问的。当好奇者问他："那弦线怎样？成么？"

"木料也不成！"马达庄重地回答。

只是这么一句话。

青烟从大烟斗中袅袅升起，烟丝在烟斗里吱吱地叫。马达轩起了他那浓眉，举起柔和的眼光，望着对面山顶的斜阳，斜阳中款款摇摆着的狗尾巴草似的庄稼，驮着斜阳慢慢走下山冈来的牛羊。

不能忘记的一面之识

　　他们第一次感觉到有这么一位年青人在他们一起，是在天方破晓，山坡的小松林里勉强能够辨清人们面目的时候。朝霞掩蔽了周围的景物，人们只晓得自己是在一座小小的森林中，而这森林是在山的半腰。夜来露重，手碰到衣服上觉着冷，北风穿过森林扑在脸上，虽然是暖和的南国的冬天，人们却也禁不住打起寒战来了。

　　昨夜他们仓皇奔上这小山，只知道是到一个比较安全的地方，敌人的游骑很少可能碰到的地方；上弦月早已西沉，朦胧中不辨陵谷，他们只顾跟着向导走，仿佛觉得是在爬坡，便断定是到山里的一间土寮或草寮去。那里有这么几株亭亭如盖的大树，掩护得很周密而又巧妙，而且——就像他们在木古所经验过的住半山土寮的风味，躺在稻草堆上一觉醒来，听远处断断续续的狗叫，似在报导并无意外，撑起半身朝寮外望一眼，白茫茫中有些黑魆魆，像一幅迷漫的米芾水墨画，这也算是够"诗意"的了。他们以这样的"诗意"自期，脚下在慢慢升高，谁知到最后站住了的时候却发见这期待是落空了，没有土寮，也没有草寮，更没有亭亭如盖的大树，只有疏疏落落散布开的小树，才到一人高。然而这地方之尚属于危险区域，那时倒也不知道。现在，他们在晓风中打着寒噤，睁大了眼发愣，可突然发觉在他们周围，远远近近，有比他们多一倍的武装人员，不用说，昨夜是在森严警戒中糊里糊涂地睡了一觉。

不安的心情正在滋长，一位年青人，肩头挂一支长枪，胸前吊颗手榴弹，手提着一支左轮，走近他们来了。他操着生硬的国语，几乎是一个一个单字硬拼凑起来的国语，告诉他们：已经派人下去察看情形了，一会儿就能回来，那时就可以决定行动了。

"敌人在什么地方？"他们之中的C君问。

年青人好像不曾听懂这句话，但是不，也许他听懂，他侧着头想了想，好像一个在异国的旅客临时翻检他的"普通会话手册"要找一句他一时忘记了的"外国话"；终于他找到了，长睫毛一闪，忽然比较流利地答道："等等就知道了。"

如果说是这句话的效力，倒不如说那是他的从容不迫的态度给人家一服定心剂，人们居然自作了结论：敌人大概已经转移方向，威胁是已经解除了。然而人心总是无厌的，他们还希望他们自作的结论得到实证。眼前既然有这么一位"语言相通"的人，怎么肯放过他？问题便像榴霰弹似的纷纷掷到他头上。他们简直不肯多费脑力估量一下对方的国语程度究竟是能够大概都听懂了呢，还是连个大概都听不懂，而只能像一位环绕地球的游客就凭他那宝贝的"会话手册"找出他所要说的那几句话。

但是年青人不忙不慌静听着，闪动着他的长睫毛。末了，他这才回答，还是那一句："等等就知道了。"这一句话，现在可没有刚才那样的效力了。因为提出的问题太多又太复杂，这一句回答不能概括。人们内心的不安，开始又在滋长。他们开始怀疑这位年青人能听懂也能说的国语究竟有几句了，如果他们还能够不起恐慌，那亦还是靠了这位年青人的镇静从容的态度。

幸而这所谓"等等"，不久就告终，"就知道"的事情也算逐一都知道了。敌人果然离这小小村落远些了，他们可以下山去，到屋里一歇了。

在一座堡垒式的大房子里，人们得到了一切的满足：关于"敌情"的，关于如何继续赶路的，最后，关于休息和口腹的需要。

因为是整夜不曾好生睡觉，他们首先被引进一间房去"休息"一会儿，这房本来也有人住，但此时却空着。招待他们的人——两位都能说国语，七手八脚把一些杂乱的东西例如衣服、碗盏之类，堆在一角，清理出一张大床来，那是十多块松板拼成，长有八九尺，宽有四五尺，足够一"班"人并排躺着的家伙；又弄来了一壶开水，于是对他们说："请休息罢，早饭得了再来请你们。"

这房只有一个小小的窗洞，狭而长。实在不能算是窗，只可说是通气洞。但真正的用途，却是从这里可以射击屋子外边的敌人。此时朝暾半上，房里光线黯淡，而在他们这几位弄惯了必先拉上窗怵然后始能睡觉的人看来，倒很惬意。然而他们睡不着，也许因为疲劳过度上了虚火，但也许因为肚子里空，他们闭眼躺在那些松板上，可是睡不着。

但是不久就来请吃早饭了。

吃饭的时候，招待他们的两位东道主告诉他们：今晚还得走夜路，不远，可也有三十多里，因此，白天可以畅快地睡个好觉。

他们再回那间房去，刚到门口，可就愣住了。

因为是从光线较强的地方来的，他们一时之间也看不清楚，但觉得房里闹哄哄挤满了人，嘈杂的说笑，他们全不懂。然而随即也就悟到了，这是这间房的老主人们回来了，是放哨或是"摸敌人"回来了，总之，也是急迫需要休息的。

渐渐地看明白，闹哄哄的七八人原来是在解下那些挂满了一身的捞什子：灰布的作为被子用的棉衣、子弹带、面巾、像一根棒槌似的米袋、马口铁杯子、手榴弹等等，都堆在墙角的一只板桌上。看着那几位新客带笑带说，好像是表示抱歉，然后一个一个又出去了，步枪却随身带起。

房里又寂静了，他们几位新客呆了半晌，觉得十二分的过意不去；但也只好由它，且作"休息"计。他们都走到那伟大的板铺前，正打算各就"岗位"，这才看见房里原来还留得有一个人，他坐在那窗洞下，低着头，在读一本书，同时却又拿支铅笔按在膝头，在小本上写些什么。

看见他是那么专心致志，他们都不敢作声。

一会儿，他却抬起头来了，呀，原来就是早晨在山上见过的那位年青人。

只记得他是多少懂得点国语的，他们之中的C君就和他招呼，觉得分外亲切，并且对于占住了房间的事，表示歉意。

年青人闪动着长睫毛，笑了一笑。这笑，表示他至少懂得了C君的意思。可是他并不开口，凝眸望了他们一眼，收拾起书笔，站起身来打算走。

"不要紧，你就留在这里，不妨碍我们的，况且我们也不想睡。"C君很诚恳地留他。

C君的同伴们也表示了同样的意思。

他可有点惘然了。——是呀，他这时的表情，应当说是"惘然"，而不"踌躇"。长睫毛下边的澄澈而凝定的眼睛表示了他在脑子里搜索一些什么东西。终于搜索到了，乃是这么一句。"我的事完了。"

他似乎还有多少意思要倾吐，然而一时找不到字句，只好笑了笑，又要走。这当儿C君看见他手里那本很厚的书就是他们一个朋友所写的《论民族民主革命》，一本高级的理论书，不禁大感兴趣，就问他道："你们在研究这本书么？"

他的长睫毛一敛，轻声答道："深得很，看不懂。"忽然他那颇为白皙的脸上红了一下，羞怯怯地又加一句："没有人教。"

"你们有学习小组没有？"

年青人想了一会儿，然后点头。

"学习小组上用什么书？不是这一本么？"

"不是。"年青人的长睫毛一动，垂眼看着手里那本书，又叹气似的说，"好深呵，好多地方不懂。"

这叹息声中，正燃烧着火焰一样的知识欲；这叹息声中，反响着理论学习的意志的坚决，而不是灰心失望。他们都深深感动了。C君于是问道：

"你是哪里人？"

"新加坡。"

"什么学校？"

"我是做工的。"年青人回答，长睫毛又闪动一下。

这一回答的出人意外，不下于发见他在自习那本厚书。C君的同伴们都加入了谈话。而且好像这极短时间的练习，已经使得那年青人的国语字汇增加了不少，谈话进行得相当热闹。

从他的不大完全的答语中，他们知道了他生长在新加坡，父母是工人，兄弟姊妹也是工人，他本人念过一年多的小学，后来就做机器工人，抗战以后回祖国投效，到这里也一年多了。

"你怎么到了这里的？"有人冒昧地问。

年青人又有点惘然了。急切之间又找不到可以表达他的意思意的国语了，他笑了笑，低垂着长睫毛，又回到原来的话题，叹息着说："知识不够，时间——时间也不够呀。"

于是把那本厚书塞进衣袋，他说："我还有事，等等，时间到了，会来叫你们。"便转身走了。

房里又沉静了，一道阳光从窗洞射进来，那一条光柱中飘游着无数的微尘，真可以说一句万象缤纷。他们都躺在松板上，然而没睡意，那年青人的身世，性格——虽然只从这短促的会晤中窥见了极少的一部分，可是给他们无限兴奋。

态度沉着，一对聪明而又好作深思的眼睛，长长的睫毛，异常清秀端庄的面孔，说话带点羞涩的表情——这样一个年青人，这样一个投身于艰苦的战斗生活的年青人，仿佛在他身上就能看出中华民族的最优秀的儿女们的面影。

忆冼星海

　　和冼星海见面的时候，已经是在听过他的作品（抗战以后的作品）的演奏，并且是读过了他那万余言的自传（？）以后。（这篇文章发表在延安出版的一个文艺刊物上，是他到了延安以后写的。）

　　那一次我所听到的《黄河大合唱》，据说还是小规模的，然而参加合唱人数已有三百左右；朋友告诉我，曾经有过五百人以上的。那次演奏的指挥是一位青年音乐家（恕我记不得他的姓名），是星海先生担任鲁艺音乐系的短短时期内训练出来的得意弟子；朋友又告诉我，要是冼星海自任指挥，这次的演奏当更精彩些。但我得老实说，尽管"这是小规模"，而且由他的高足，代任指挥，可是那一次的演奏还是十分美满；——不，我应当承认，这开了我的眼界，这使我感动，老觉得有什么东西在心里抓，痒痒的又舒服又难受。对于音乐，我是十足的门外汉，我不能有条有理告诉你：《黄河大合唱》的好处在哪里。可是它那伟大的气魄自然而然使人鄙吝全消，发生崇高的情感，光是这一点也就叫你听过一次就像灵魂洗过澡似的。

从那时起，我便在想象：冼星海是怎样一个人呢？我曾经想象他该是木刻家马达那样一位魁梧奇伟，沉默寡言的人物。可是朋友们又告诉我：不是，冼星海是中等身材，喜欢说笑，话匣子一开就会滔滔不绝的。

我见过马达刻的一幅木刻：一人伏案，执笔沉思，大的斗篷显得他头部特小，两眼眯紧如一线。这人就是冼星海，这幅木刻就名为《冼星海作曲图》。木刻很小，当然，面部不可能如其真人，而且木刻家的用意大概也不在"写真"，而在表达冼星海作曲时的神韵。我对于这一幅木刻也颇爱好，虽然它还不能满足我的"好奇"。而这，直到我读了冼星海的自传，这才得了部分的满足。

从冼星海的生活经验，我了解了他的作品之所以能有这样大的气魄。做过饭店堂倌，咖啡馆杂役，做过轮船上的锅炉间的火伕，浴堂的打杂，也做过乞丐，——不，什么都做过的一个人，有两种可能：一是被生活所压倒，虽有抱负只成为一场梦，又一是战胜了生活，那他的抱负不但能实现，而且必将放出万丈光芒。"星海就是后一种人！"——我当时这样想，仿佛我和他已是很熟悉的了。

大约三个月以后，在西安，冼星海突然来访我。

那时我正在候车南下，而他呢，在西安已住了几个月，即将经过新疆而赴苏联。当他走进我的房间，自己通了姓名的时候，我吃了一惊，"呀，这就是冼星海么！"我心里这样说，觉得很熟识，而也感得生疏。和友人初次见面，我总是拙于言词，不知道说些什么好，而在那时，我又忙于将这坐在我对面的人和马达的木刻中的人作比较，也和我读了他的自传以后在想象中描绘出来的人作比较，我差不多连应有的寒暄也忘记了。然而星海却滔滔不绝说起来了。他说他刚出来，就知道我进去了，而在我还没到西安的时候就知道我要来了；他说起了他到苏联去的计划，问起了新疆的情形，接着就讲他的《民族交响乐》的创作。我对于音乐的常识太差，静聆他的议论（这是一边讲述他的《民族交响乐》的创作计划，一边又批评自己和人家的作品，表示他将来致力的方向），实在不能赞一词。岂但不能赞一词而已，他的话我记也记不全呢。可是，他那种气魄，却又一次使我兴奋鼓舞，和上回听到《黄河大合唱》一样。拿破仑说他的字典上没有"难"这一字，我以为冼星海的字典上也没有这一个字。他说，他以后的十年中将以全力完成他这创作计划；我深信他一定能达到。因为他不但有坚强的意志和伟大的魄力，并且因为他又是那样好学深思，勇于经验生活的各种方面，勤于收集各地民歌民谣的材料。他说他已收到了他夫人托人带给他的一包陕北民歌的材料，可是他觉得还很不够，还有一部分材料（他自己收集的）却不知弄到何处去了。他说他将在新疆逗留一年半载，尽量收集各民族的歌谣，然后再去苏联。

现在我还记得的，是他这未来的《民族交响乐》的一部分的计划。他将从海陆空三方面来描写我们祖国山河的美丽，雄伟与博大。他将以"狮子舞""划龙船""放风筝"这三种民间的娱乐，作为他这伟大创作的此一部分的"象征"或"韵调"。（我记不清他当时用了怎样的字眼，我恐怕这两个字眼都被我用错了。当时他大概这样描写给我听：首先，是赞美祖国河山的壮丽，雄伟，然后，狮子舞来了，开始是和平欢乐的人民的娱乐，——这里要用民间"狮子舞"的音乐，随后是狮子吼，祖国的人民奋起反抗侵略者了。）他也将从"狮子舞""划龙船""放风筝"这三种民族形式的民间娱乐，来描写祖国人民的生活、理想和要求。"你预备在旅居苏联的时候写你这作品么？"我这么问他。"不！"他回答，"我去苏联是学习，吸收他们的好东西。要写，还得回中国来。"

那天我们的长谈，是我和他的第一次见面，谁又料得到这就是最后一次呵！"要写，还得回中国来！"这句话，今天还在我耳边响，谁又料得到他不能回来了！

这也就是为什么我在写这小文的时候还觉得我是在做恶梦。

我看到报上的消息时，我半晌说不出话。

这样一个人，怎么就死了！

昨晚我忽然这样想：当在国境被阻，而不得不步行万里，且经受了生活的极端的困厄，而回莫斯科去的时候，他大概还觉得这一段"傥来"①的不平凡的生活经验又将使他的创作增加了绮丽的色彩

---

① 傥来，偶然得到或意外而来的意思，最早出自《庄子·缮性》："物之傥来，寄也。"

和声调；要是他不死，他一定津津乐道这一番的遭遇，觉得何幸而有此罢？

现在我还是这样想：要是我再遇到他，一开头他就会讲述这一段颠沛流离的生活，而且要说，"我经过中亚细亚，步行过万里，我看见了不少不少，我得了许多题材，我作成了曲子了！"时间永远不能磨灭我们在西安的一席长谈给我的印象。

一个生龙活虎般的具有伟大气魄，抱有崇高理想的冼星海，永远坐在我对面，直到我眼不能见，耳不能听，只要我神智还没昏迷，他永远活着。

悼许地山先生

黄昏时候，天上出现了带晕的月亮。据说已挂上八号的风球，但飓风的前哨似乎还没到达本港。忽然朋友来说，许地山先生急病死了！几乎不能相信自己的耳朵。

但不幸，这消息竟是确实的。听说他最近一周内，积劳致疾，本在延医服药，但并不严重，且已渐见痊可。今日中午饭后尚阅报，并与其女公子在客厅游戏，二时突感气喘，体力不支，乃电邀医生来视，那知医生还没赶到，便溘然长逝。前后仅一刻钟。据说是心脏病，一个充满了生命力的人，一个对于祖国文化事业多所贡献的学者，一个五四新文学运动的老战士，就这样与世长辞，太叫人伤心，也太叫人不能相信呵！

但万分的不幸，这消息是确实的。病魔夺去了我们的好友！

半年来，有许多天南地北的朋友们的安全，常常使我们怀念焦虑，有几位身处危境的，我们以为他们决无生理，但是后来知道没有事，则惊喜之极，倒反不敢遽然相信。地山先生平素脸色红润，体质健硕，从没听说有什么病，骤然听得这噩耗，谁也不能置信的。在听消息最初一刹那，我忽然想到不久以前误传的几位朋友的死耗，以为这也是一种误传呢！

但痛心的，各方消息都证明了不是误传；心脏病猝发，活跳跳的一个人，立刻就死了，连请医生的时间都没有。

地山先生是"文学研究会"发起人之一，那时他尚在燕大读书。翌年春，我接手了《小说月报》的编辑事务，北方友人竭力支持改革后的《小说月报》的，地山先生就是其中之一。他的初期的创作，短篇小说《命命鸟》等以及散文《空山灵雨》，都是发表在《小说月报》的。但是我和他的第一次会面，大概是在次年夏天，他和令兄敦谷先生（画家）于暑假中来上海小住那时候。郑振铎先生那时亦在上海了，他们在北平时是熟的，便时相过从。那时我又知道地山先生又知音律，他在文艺方面的素养是不但湛，而且也广博的。不过他那时作为研究目标的，却还不是文艺，而是宗教哲学。后来他留学英国，又游历印度，恐怕都是继续他这一项研究。

他之研究宗教哲学，我想，其用心大概是同研究扶箕的迷信是一样的罢？在他近著《扶箕迷信的研究》一书中，我们惊叹于他考证之勤，也心折于他的论断之正确；他是为了要证明扶箕是一种自觉的或不自觉的骗术，乃就其有关的各方面，详加考证。只看他引用书目之多，就知道他曾经花了多少力气。为了这样一个问题而旁征博引，写成专书，他这做学问的精神和态度，怎能叫人不钦佩呢？他这研究方法完全是科学的！

《国粹与国学》一文（《大公报》七月十四日连载），也许是地山先生最后的著作（就已发表者而言）。在这一篇论文里，他正确地指出，一般的所谓"国粹"论者在理论上犯了怎样的错误；他说："我想来想去，只能假定说，一个民族在物质上，精神上与思想上对于人类，最少是本民族，有过重要的贡献，而这种贡献是继续有功用，继续在发展的，才可以被称为国粹。"从这中心的观点，他又指出现在有些人治国学的态度与方法，也颇成问题。他在检讨国学的价值与路向时，沉痛地说，"自古以来，我们就没有真学术，退一步讲，只有真学术的起期，而无真学术的成就。""所谓学问，每每是因袭前人而不敢另辟新途。"他说中国古来的学问"只是治人之学，谈不到是治事之学，更谈不到是治物之学，现代学问的精神是从治物之学出发的"。这都是对于现今的迷古论乃至复古论者的当前棒喝！

他又论为学之道："学术上的问题不在新旧而在需要，需要是一切学问与发明的基础。""没有用处的学问就不算是真学问，只能说是个人趣味，与养金鱼，栽盆景，一样地无关大旨，非人生日用所必需的。"由此而推论"学术除掉民族特有的经史之外是没有国界的。民族文化与思想的渊源，固然要由本国的经史中寻觅，但我们不能保证新学术绝对可以从其中产生出来。新学术要依学术上的问题的有无，与人间的需要的缓急而产生，绝不是无端从天外飞来的"。终乃认为"要知道中国现在的境遇的真相和寻求解决中国目前的种种问题。归根还是要从中国历史与其社会组织，经济制度的研究入手"。

这样的议论，在目前中国，谁能说他不是苦口婆心，对症发药？

地山先生年来主持香港大学的中文学院的教务。我们看上引《国粹与国学》的论点，就知道中文学院得许先生主持，对于中国国学必将有重要的贡献。现在不幸地山先生死了，我们深为香港的最高学府失此优越之学者而痛惜，更为香港学子失此导师而哀悼！

地山先生年来又极努力于文艺运动与语文运动。文协香港分会在地山先生领导之下得有良好的进展，而新语文运动在他赞助之下亦蓬勃发扬。所以地山先生的逝世，对于香港的文艺运动和一般文化运动，实在是一个严重的损失，我们于此，更不胜其哀悼。

最近，地山先生又在筹划创办一个业余学校，——"以业余之人教业余之人"，他手草了缘起，拟计了规章，暑假中他并未休息，就在规划这件事；今天下午五时他还约定几位对此事赞助的朋友一同谈谈具体办法，却不料在一时许，就来此惨变，谁也意想不到，这一事他未能亲自办成，想来他九泉下犹有余憾吧？而香港数十万的业余青年丧此领导，这可是使我们十分痛惜的事！

地山先生今年不过五十光景，可说正在年富力强；以他的学养和识见，以他的纯良品格与热肠，对于中国文化界一定还有更大的贡献；现在遽尔去世，为中国文化前途想，这无疑也是一个重大的损失！

死者已矣，他的对于中国学术的一份贡献，将永远为热爱真理者所宝贵。我们还活着的在文化战线上的同人，今天哀悼地山先生，同时应觉得我们失了一位优越的同伴，我们的仔肩是加重了；我们更应努力，以求无愧对这位卓荦的战士，——这位敬爱的良友！

回忆秋白烈士

　　二十五年前，在瞿秋白同志逝世二十周年的时候，我写过一篇纪念文章，题目是《纪念秋白同志，学习秋白同志》。二十五年后的今天，我再拿起笔来写怀念秋白同志的文章，却是含着欣慰的眼泪，为了庆贺秋白同志的"再生"！十年的浩劫啊，对于长眠地下的秋白，也许只不过是一场冻雨，可是活着的人们却永远不会忘记这奇耻大辱！

　　我与秋白相识是在一九二二年，最初只是文字之交。我从他的文章，猜想他是一个博学，思想锐敏，健谈，有幽默感的白面书生。后来，在上海大学第一次见到了他，果然人如其文：高挑身材，苍白的脸，穿一件显得肥大的竹布长衫。那时，他是上海大学教务长兼社会学系主任，我是上海大学中文系的兼课教员。他与郑振铎在北京就是老相识，通过振铎，我与秋白接近也多了，又渐渐觉得，他不只具有文人的气质，而且，主要是政治家。他经常深夜写文章，文思敏捷，但多半是很有煽动力的政论文，用于内部讲演，很少公开发表。间或他也翻译点文艺作品，写点文艺短评，因此，郑振铎就拉他参加了文学研究会；但那时的政治形势，不允许他发挥文学的天才。

一九二四年冬，秋白与杨之华结了婚，搬到闸北顺泰里十二号，组织了小家庭，正好住在我家的隔壁（我住在十一号），我们的往来就更频繁了。当时我是商务印书馆的党支部书记，支部会议经常在我家开，秋白代表党中央常来出席。他常与我谈论政局和党内的问题。他很尊敬陈独秀，但不满陈的独断专行。他和我一样对彭述之不满，认为彭浅薄，作风不正，并对陈独秀的信任彭述之有意见。"五卅"惨案发生后，陈独秀主张以发动三罢（罢市、罢工、罢课）来动员群众，制造舆论，压迫帝国主义让步；瞿秋白则认为应该更积极一些。他同我谈话时主张动员大批工人、学生连续到南京路上示威，看英国巡捕敢不敢再开枪。如果竟敢开枪，那就如火上加油，将在全国范围掀起更大规模的反帝爱国怒潮，也将引起全世界人民的广泛同情和声援，对本国政府施加压力。他说他这意见陈独秀不同意。

一九二七年在武汉，我和秋白又有一段交往。我那时担任《汉口民国日报》的总主编。这个报，名义上是国民党湖北省党部的机关报，实权却全部在共产党员手中，社长是董老，总经理是毛泽民，编辑部的编辑除了一个人全部是共产党员。那时董老事忙，无暇顾及这个报的编辑方针，就由中央宣传部领导，当时秋白兼管宣传部，后来彭述之（他是宣传部长）到了武汉，又由彭领导。"四一二"事变后，陈独秀和彭述之多次对我说：《民国日报》太红了，国民党左派有意见，要少登农民运动、工人运动、妇女运动的消息。为此我请示董老，董老说不理他们。我也向秋白讲了，秋白想了想说：我们另办一张报！那时秋白的工作很忙，我除了有重大的消息要找他核实或请示，平时很少见到他。不过他对于党的喉舌——报纸，始终很关注。因为《汉口民国日报》名义上是国民党的机关报，所以国民党右派、左派都来干涉我的编辑事务，我时常向秋白诉说，因此，他早就有另办一张报纸的想法。他说：共产党的政策要通过国民党的报纸来宣传，本来就不正常，许多话只能讲一半；不如把这个报纸交给国民党左派，抽出我们的同志另办一张党报，堂堂正正地宣传共产党的政策。他主张新的党报仍由我任总编辑，另外由党中央的负责同志组成社论委员会，负责写社论。这件事，秋白很重视，积极筹备，但不久时局迅速逆转，办党报的事终于成了泡影。

一九三〇年夏，秋白和之华从莫斯科回到上海后，听说我也从日本回来了，就要找我。他们用暗号代真名写信交开明书店转我收。秋白改姓何，之华改姓林，还有住址（现在记不起来了）。我和我妻（孔德沚）按地址去访问，才知道他们夫妻是住在一个普通的楼房里，楼上卧室兼书房，楼下算是客厅兼饭堂。我们到楼上闲谈，秋白问了我在日本的生活，又向我介绍了这几年国内的革命形势，他对于我以写小说为职业表示赞同。大约过了一年多，那时王明已经上台，我风闻秋白同志受到了打击，心情不好，就与德沚又去拜访他们。我见秋白瘦了，之华说他的肺病又发作了，但精神仍旧很好。秋白见了我们很高兴，问我在写什么，我说正在写《子夜》，他很有兴趣地问了故事的大概情节。这是一九三二年夏，我刚写了《子夜》的开头几章。我就说，下次把原稿带来再谈罢。过了几天，我带了写好的几章去，从下午一时，他边看边谈，直到六时。谈得最多的是关于农民暴动的一章，写工人的部分也谈了不少。因为《子夜》中写工人罢工有盲动主义的倾向，写农民暴动没有提到土地革命，秋白告诉我，党的政策哪些是成功的，哪些是失败的，建议我据以修改《子夜》中写农民暴动和工人罢工的部分。（关于农民暴动，由于我当时连间接的材料都没有，所以没有按秋白的意见修改，而只是保留了游离于全书之外的第四章。）我们话还没有完，晚饭摆上来了，打算吃过晚饭再谈。不料晚饭刚吃完，秋白就接到通知："娘家有事，速去！"这是党的机关遭到破坏，秋白夫妇必须马上转移的暗语。可是匆促间，他们往哪里去呢？我就带了他们到了我的家里。当时我住在愚园路树德里，二房东是一个宁波商人。这幢房子是三楼三底带厢房，我住在三楼，身份是教书的。秋白夫妇来后，我对二房东说是我的亲戚，来上海治病的，过几天就回家。之华在我家住了一夜，第二天转移到别处去了，秋白则在我家住了一个多星期。在这些日子里，秋白继续同我谈《子夜》。秋白看书极为仔细。《子夜》中吴荪甫坐的轿车，我原来是"福特"牌，秋白说："福特"轿车是普通轿车，吴荪甫那样的资本家该坐"雪铁龙"。又说：大资本家到愤怒极顶而又绝望时就要破坏什么，乃至兽性发作。这两点，我都照改，照加。后来我们还议论了当时文艺界的情形，他对当时尚存在的"左"倾文艺思潮也持批评的态度。秋白还表示，他也想搞文学，写点东西。他也问到鲁迅，原来他还没有和鲁迅见过面，我答应为他们俩介绍。有一天，忽然冯雪峰闯来了，原来他们俩人也不认识，我只好为之介绍。我就考虑，说不定还有什么人闯来，不如让秋白到鲁迅那里去住。鲁迅那时住在北四川路底的一座公寓楼房内，这个公寓住的全是外国人，其中有少数日本人，公寓斜对面就是日本海军陆战队的司令部。因此，一般闲人都不到那公寓里去，比我这里安全得多。我就托雪峰把秋白带到鲁迅家里去，介绍给鲁迅。秋白后来就在鲁迅寓中避难，直到之华探知原来住的地方没有出事，才搬了回去。秋白与鲁迅的交往与友谊从此开始。

这以后直到一九三三年底，秋白在上海与鲁迅一起领导了左翼文艺运动。他热心地研究和介绍马克思主义的文艺理论，他也用化名写了不少犀利的杂文直刺国民党反动派及其御用文人。我与他见面时常谈论文艺问题，有时我们也有争论，但多半我为他深湛的见解和实事求是的精神所折服。但是，谈到他自己，他总是十分谦逊。记得那时他写给我和鲁迅的短信中有一次署名"犬耕"。我们不解其意。秋白说：我搞政治，好比使犬耕田，力不胜任的。他进而解释道：这并不是说我不做共产党员，我信仰马克思主义是始终如一的，我做个中央委员，也还可以，但要我担任党的总书记诸如此类的领导全党的工作，那么，就是使犬耕田了。他这番自知之明、自我解剖的话，使我们肃然起敬。

一九三三年末，秋白奉命去中央苏区。临行，向鲁迅辞行，也向我辞行。那次，他谈了很多话，但我总觉得他的心情有点郁悒；也许这是惜别之情，也许是因为不得不离开他喜爱的文艺战线又要走上新的征程。这是我最后一次见到秋白。一年以后，我们得悉秋白被叛徒出卖了；又隔不久，传来了噩耗，得到了秋白高唱国际歌从容就义的消息。那一年，秋白才三十七岁！

秋白同志是中国共产党早期的杰出领袖之一，是中国早期传播马列主义的重要人物，也是中国左翼文艺运动卓越的领导人之一。在他短短的一生中，对中国革命作出了重大的贡献。我和秋白相识多年，我始终认为他是一个正直的革命者，一个坚定的共产党员，一个无私无畏的战士，一个能肝胆相照的挚友！秋白生前曾受过不公正的对待，他死后又遭到"四人帮"的诬陷。现在，被颠倒的一切终于又颠倒过来了，我真诚地祝愿秋白的灵魂得到安宁！

我所见的陶行知先生

　　行知先生是教育家，而且是前进的被统治者视为洪水猛兽的教育家；他的教育理论完全站在人民的立场，可以说是人民本位的教育。他的教育理论在我看来，可以用一句话来概括：适应人民的要求而又提高人民的要求。倘用另一方式，这句话便是：做人民的老师同时又做人民的学生。晓庄师范、上海工学团、育才学校，都是陶先生实验他的理论的事业，从晓庄到育才，我们可以看到陶先生的实验方式有了改革，但原则上还是一贯的，可以说，因为时代在前进，陶先生对于自己的理论更有自信，同时也有了重要的发展，使其更具彻底性。最近他计划中的社会大学则是他想把他的理论推到实验的最高峰，几乎可以说是推到了近于"乌托邦"。然而社会大学绝不是"乌托邦"。他是一种以现实为基础的可能一步一步实现的理想；然他的整个计划看起来颇为"罗曼谛克"，但理论上只是上面说过的那一句平凡的话：适应人民的要求而又提高人民的要求。

　　看行知先生的外貌，朴实平易，其不"漂亮"与多土气，比江浙乡下老秀才更甚，至于一般的上海的小学教员谁都比他漂亮些，洋气些。这样一个和"罗曼谛克"一字是连不起来的。可是我总觉得他是一个"浪漫派"，彻头彻尾的"浪漫派"。他干的是教育，但是他的口里是个"诗人"。他的诗人气质非常浓厚，他不但写了许多诗，他的"育才"和"社会大学"也是"诗"，可惜两者都是未完成的杰作。他讴歌创造，拥护育才，颂扬劳动，他为我们唱未来的理想之歌，用脑用手再不分家，人人能发挥天才，人人能创造。看呀，不是"浪漫派"，敢说这样天马行空的话么——尤其是教育家，尤其是并非徒托空言而在实验的教育家。

　　初识行知先生，会觉得他是一位古板的老先生，日子久了，来往多了，你就觉得这位古板的老先生骨子里是个"顽皮的小孩子"；他日常扁起嘴巴不多发言，好像冷冰冰毫不动感情，但他一开口讲演，可真是热情澎湃，这又是他的诗人气质之流露。

　　有人说：正因为行知先生本质上是"浪漫派的诗人"，所以他开创事业的气魄有余，而发展事业的组织力不足。这批评，在一方面看来，容或可以成立，然而事业之不能尽如理想发展尚有一最大原因，即环境之恶劣。行知先生自办晓庄以来，无日不受压迫；他日常忙于筹划经费，消耗了很多的精力，即如这次他的死，也和他的过分疲劳（为社会大学之经费奔走）有大部分的关系的。

为了纪念鲁迅的六十生辰

　　第一次见鲁迅先生，是一九二七年十月，据《鲁迅日记》，茅盾与鲁迅第一次见面时间为一九二六年八月三十日。此处系误记。那时我由武汉回上海，而鲁迅亦适由广州来。他租的屋，正和我同在一个弄堂。那时我行动不自由，他和老三到我寓中坐了一回，我却没有到他寓里去，因为知道他那边客多。似乎以后就没有再会面，直到一九三○年春。

　　这以后，我长住上海，不再走动，所以会面的时候也多了。不过我所知道的关于他的私生活，亦不会比其他凡曾和他相识的人更多些。现在追忆，一方面固觉得可记者不少，但另一方面也觉得大概都由人写过了；这次《大众文艺》征稿，我便感到一点窘，想一想，有些事呢，仿佛未经人道及，但是和过去十年文坛的"故事"颇有关系，此刻暂时不提，也好。此外，好像大家都已听说过，我如果再来写，亦殊嫌蛇足，无已，从他治病这方面说一件事罢。今年是鲁迅先生的六十冥寿，如果今天我们是在替他做生寿，该多么好！他五十岁的生日，上海文化界同人在上海法租界一个荷兰餐馆里为他祝寿，那时我由日本"再疏散"回来不久。记得那天到会的外宾只有二三人。那时谁也不会想到（或感觉到）鲁迅先生活不过六十岁！

不但那时，在一九三五年如果有人说鲁迅不久于人世，那一定会被目为"黑老鸦"。鲁迅自己从未说他身体不好，人家看他也很好；他精神抖擞地战斗着。但在一九三五年十一月，有人"发见"了鲁迅身体实在不好。

记得"十月革命"节的前一天或后一天，上海苏联领事馆招待少数文化人到领事馆去看电影。中国只有五六人，鲁迅和他夫人公子都去。那晚上看了《夏伯阳》（大概是），鲁迅精神很好，喝了一两杯"伏特加"。××××①喝得很多，几乎有点醉了；但是在电影映完，大家在那下临黄浦江的月台上休息时，××很严肃地对鲁迅说："我觉得你的身体很不好，你应该好好休养一下，到国外去休养。"

"我自己并不觉得什么不对，"鲁迅笑着说，"你从哪里看出来我非好好休养不行呢？"

"我直觉到。我说不上你有什么病，可是我凭直觉，知道你的身体很不行！"

---

① 指史沫特莱（A.Smedley，1890—1950），美国革命女作家、记者。旅居上海时与鲁迅时有往还。

鲁迅以为那人醉了，打算撇开这个话题，然而××很坚持，似乎马上要得一个确定：何时开始治病，到何处去……他立即要得一个确定。他并且再三说："你到了外国，一样也做文章，而且对于国际的影响更大！"

那晚上没有结论。但在回去的汽车中，××请鲁迅考虑他的建议，鲁迅也答应了。过了一天，××找我专谈这问题；总结他的意见：他认为鲁迅若不及时出国休养，则能够再活多少年，很成问题；但如果出国休养，则一二十年的寿命有把握；他不能从医理上说鲁迅有什么病，但他凭直觉深信他的体质太不行。他提议到高加索去休养，他要我切切实实和鲁迅谈这问题，劝得他同意。

鲁迅后来也同意了，——虽然他说起××的"直觉"时，总幽默地笑着。并且也谈到休养时间，他有机会完成《中国文学史》的著作。但在不再反对之中，鲁迅也表示了如果当真出国，问题却还多得很，恐怕终于是不出去的好——那样的意思。

到那年年底，××说是接洽已妥，具体的来谈怎样走，何时走的时候，鲁迅早已决定还是暂时不出去。有过几次的争论，但鲁迅之意不能回。一九三六年一月内，为这问题争持了好几次，凡知此事者，皆劝过鲁迅，可是鲁迅的意见是：自己不觉得一定有致命之病，倘说是衰弱，则一二年的休养也未必有效，因为是年龄关系；再者，在国外即使吃胖了，回来后一定立即要瘦，而且也许比没有出去时更瘦些；而且一出了国便做哑巴（指他自己未谙俄文而言），也太气闷。于是问题就搁下。

据我所感到，那时文坛上的纠纷，恐怕也是鲁迅不愿出国的一因；那时颇有人在传播他要出国的消息，鲁迅听了很不高兴，曾经幽默地说：他们料我要走，我偏不走，使他们多些不舒服。

记得问题最后的结论是：过了夏天再说，因为即使要出国，也得有准备，而他经手的事倘要结束一下，也不是一二个月可以成。

不幸那年二月尾，鲁迅先生就卧病，这病迁延到了秋季，终于不救。呜呼，天下有些事，若偶然，又若有因，关于鲁迅出国治病这事，其所以终未实现，最大原因不在鲁迅本人"固执"，而在牵连的问题实在太多，况且谁也没有先见之明，他只隔了一个月就发病！

走过的那些地方

从你脚下那一寸土地起，层层而下，

如抱如偎，全是梯田，橙黄的告诉你，

稻已经熟了，翠绿和绀青则是不同种类的蔬菜，

而中间又有色彩较深的，那是一簇树木；

你凝眸俯瞰，梯田的环形愈下愈小了，

终于在谷底，旋结成为一点，

而这一点就是空中所见几个色彩的集团边缘相切的所在。

兰州杂碎

南方人一到兰州，这才觉得生活的味儿大不相同。

一九三九年的正月，兰州还没有遭过轰炸，唯一漂亮的旅馆是中国旅行社办的"兰州招待所"。三星期之内，"招待所"的大厅内，有过七八次的大宴会，做过五次的喜事，其中最热闹的一次喜事，还把"招待所"的空客房全部租下。新郎是一个空军将士，据说是请准了三天假来办这场喜事，假期一满，就要出发，于是"招待所"的一间最大的客房，就权充作三天的洞房。

"招待所"是旧式房屋，可是有新式门窗，绿油的窗，红油的柱子，真辉煌！有一口自流井，抽水筒成天ka-ta-ka-ta地叫着。

在上海受过训练的南方籍茶房，给旅客端进了洗脸水和茶水来了；嘿，清的倒是洗脸的，浑的倒是喝的么？不错！清的是井水，是苦水，别说喝，光是洗脸也叫你的皮肤涩巴巴地难受；不用肥皂倒还好，一用了肥皂，你脸上的尘土就腻住了毛孔，越发弄不下。这是含有多量硷质的苦水，虽清，却不中使。

浑的却是河水。那是甜水。一玻璃杯的水，回头沉淀下来，倒有小半杯的泥浆，然而这是"甜"水，这是花五毛钱一担从城外黄河里挑来的。

不过苦水也还是水。甘肃省有许多地方，据说，连苦水也是宝贝，一个人独用一盆洗脸水，那简直是"骇人听闻"的奢侈！吃完了面条，伸出舌头来舐干那碗上的浓厚的浆汁算是懂得礼节。用水洗碗——这是从来没有的。老百姓生平只洗两次身：出世一次，去世一次。呜呼，生在水乡的人们哪里想得到水竟是这样宝贵？正如不自由的人，才知道自由之可贵。

然而在洪荒之世，甘肃省大部分恐怕还是一个内海呢！今之高原，昔为海底。单看兰州附近一带山壁的断面，像夹肉面包似的一层夹着一层的，隐约还见有贝壳的残余。但也许是古代河床的遗迹，因为黄河就在兰州身边过去。

正当腊月，黄河有半边是冻结的，人、牲畜、车子，在覆盖着一层薄雪的冰上走。但那半边，滔滔滚滚的急流，从不知何处的远远的上游，挟了无数大大小小的冰块，作雷鸣而去，日夜不休。冰块都戴着雪帽，浩浩荡荡下来，经过黄河铁桥时互相碰击，也碰着桥础，于是隆隆之中杂以訇豁的尖音。这里的河面不算仄，十丈宽是有的，站在铁桥上遥望上游，冰块拥挤而来，那上面的积雪反映日光，耀眩夺目，实在奇伟。但可惜，黄河铁桥上是不许站立的，因为是"非常时期"，因为黄河铁桥是有关国防的。

兰州城外的河水就是那样湍急，所以没有鱼。不过，在冬天兰州人也可以吃到鱼，那是青海湟水的产物，冰冻如石。三九年的正月，兰州的生活程度在全国说来，算是高的，这样的"湟鱼"，较大者约三块钱一尾。

三九年三月以前，兰州虽常有警报，却未被炸；兰州城不大，城内防空洞不多，城垣下则所在有之。但入口奇窄而向下，俯瞰宛如鼠穴。警报来时，居民大都跑避城外；城外群山环绕，但皆童山，人们坐山坡下，蚂蚁似的一堆一堆，老远就看见。旧历除夕前一日，城外飞机场被炸，投弹百余，但据说仅死一狗。这是兰州的"处女炸"。越三日，是为旧历新年初二，日机又来"拜年"，这回在城内投弹了，可是空战结果，被我方击落七架（或云九架），这是"新年的礼物"。从此以后，恼羞成怒的滥炸便开始了，几乎每一条街，每一条巷，都中过炸弹。四〇年春季的一个旅客，在浮土寸许厚、软如地毯的兰州城内关外走一趟，便往往看见有许多房子，大门还好好的，从门隙窥视，内部却是一片瓦砾。

但是，请你千万不要误会兰州就此荒凉了。依着"中国人自有办法"的规律，四〇年春季的兰州比一年前更加"繁荣"，更加飘飘然。不说俏皮话，经过多次滥炸后的兰州，确有了若干"建设"：物证就是有几条烂马路是放宽了，铺平了，路两旁排列着簇新的平房，等候商人们去繁荣市面；而尤其令人感谢的，电灯也居然像"电"灯了。这是因为一年中间整饬市容的责任，是放在一双有计划的切实的手里，而这一双手，闲时又常常翻阅新的书报——在干，然而也在朝四面看看，不是那种一埋首就看见了自己的脚色。

但所谓"繁荣"，却也有它的另一方面。比方说，三九年的春天，要买一块肥皂，一条毛巾，或者其他的化妆品，当然不是"踏破铁鞋无觅处"，可是货色之缺乏，却也显而易见。至于其他"洋货"，凡是带点奢侈性的，只有几家"百货店"方有存储，而且你要是嫌他们"货色不齐全"时，店员就宣告道："再也没有了。这还是从前进来的货呢，新货来不了！"但是隔了一年工夫，景象完全不同，新开张的洋货铺子三三两两地在从前没有此类店铺的马路上出现了，新奇的美术字的招牌异常触目，货物的陈列式样也宛然是"上海气派"；陌生牌子的化妆品，人造丝袜、棉毛衫裤、吊袜带、手帕、小镜子、西装领带，应有尽有，非常充足。特别是玻璃杯，一年以前几乎少见的，这时也每家杂货铺里都有了。而且还有步哨似的地摊，则洋货之中，间或也有土货。手电筒和劣质的自来水笔、自动铅笔，在地摊上也常常看到。战争和封锁，并没有影响到西北大后方兰州的洋货商——不，他们的货物的来源，倒是愈"战"愈畅旺了！何以故？因为"中国人自有办法"。

为了谋战争时的自给，中国早就有了"工合"运动。"工合"在西北大概颇组织了些手工业。但是今天充斥了西北大小城市（不但是兰州）里的工业品，有多少是"工合"的出品呢？真是天晓得。大多数商人不知道有所谓"工合"，你如果问他们货从哪里来的，他们毫不犹豫地答着："天津"或"上海"。这意思就是：上海和天津的"租界"里还有中国人办的工厂，所以这些工业品也就是中国货了。偶尔也有一二非常干练的老板，则在上上下下打量你一番之后，便幽默地笑道："咱们是批来的，人家说什么，咱们信什么；反正是那么一回事，非常时期吗，可不是？"

一个在特种机关里混事的小家伙发牢骚说："这是一个极大的组织，有包运的，也有包销的。在路上时，有武装保护，到了地头，又有虎头牌撑腰。值一块钱的东西，脱出手去便成为十块二十块，真是国难财！然而，这是一种特权，差不多的人，休想染指。全部的缉私机构在他的手里。有些不知死活的老百姓，穷昏了，居然也走这一道，肩挑背驮的，老鼠似的抄小路硬走个十站八站路，居然也会弄进些来；可是，沿途碰到零星的队伍，哪一处能够白放过，总得点缀点缀。要是最后一关碰到正主儿的检查，那就完了蛋，货充公，人也押起来。前些时，查出一个巧法儿：女人们把洋布缠在身上，装作大肚子混进来。现在凡是大肚子女人，也逃不了检验……嘿，你这该明白了罢，——一句话，一方面是大量的化公为私，又一方面则是涓滴归'公'呵！"

这问题，决非限于一隅，是有全国性的，不过，据说也划有势力范围，各守防地，不相侵犯。这也属于所谓"中国人自有办法"。

地大物博的中国，理应事事不会没有"办法"，而且打仗亦既三年多，有些事也应早有点"办法"。西北一带的根本问题是"水"。有一位水利专家指点那些秃顶的黄土山说："土质并不坏，只要有水！"又有一位农业家看中了兰州的水果，幻想着如何装罐头输出。皋兰县是出产好水果的，有名的"醉瓜"，甜而多汁，入口即化，又带着香蕉味一般的酒香。这种醉瓜，不知到底是哈密瓜的变种呢，或由它一变而为哈密瓜，但总之，并不比哈密瓜差。苹果、沙果、梨子，也都不坏。皋兰县是有发展果园的前途的。不过，在此"非常时期"，大事正多，自然谈不到。

风雪华家岭

"西兰公路"在一九三八年还是有名的"稀烂公路"。现在（一九四〇年）这一条七百多公里的汽车路，说一句公道话，实在不错。这是西北公路局的"德政"。现在，这叫作兰西公路。

在这条公路上，每天通过无数的客车、货车、军车，还有更多的胶皮轮的骡马大车。旧式的木轮大车，不许在公路上行走，到处有布告。这是为的保护路面。所谓胶皮轮的骡马大车，就是利用汽车的废胎，装在旧式大车上，三匹牲口拉，牲口有骡有马，也有骡马杂用，甚至两骡夹一牛。今天西北，汽油真好比血，有钱没买处；走了门路买到的话，六七十元一加仑。胶皮轮的骡马大车于是成为公路上的骄子。米、麦粉、布匹、盐……以及其他日用品，都赖它们转运。据说这样的胶皮轮大车，现在也得二千多块钱一乘，光是一对旧轮胎就去了八九百。公路上来回一趟，起码得一个月工夫，光是牲口的饲料，每头每天也得一块钱。如果依照迪化一般副官勤务们的"逻辑"，五匹马拉的大车，载重就是五千斤，那么，兰西公路上的骡马大车就该载重三千斤了。三乘大车就等于一辆载货汽车，牲口的饲料若以来回一趟三百元计算，再加车夫的食宿薪工共约计七百，差不多花了一千元就可以把三吨货物在兰西公路上来回运这么一趟，这比汽车实在便宜了六倍之多。

但是汽车夫却不大欢喜这些骡马大车，为的他们常常梗阻了道路，尤其是在翻过那高峻的六盘山的时候，要是在弯路上顶头碰到这么一长串的骡马大车，委实是"伤脑筋"的事。也许因为大多数的骡马是刚从田间来的"土包子"，它们见了汽车就惊骇，很费了手脚才能控制。

六盘山诚然险峻，可是未必麻烦；路基好，全段铺了碎石。一个规矩的汽车夫，晚上不赌、不喝酒，睡一个好觉，再加几分把细，总能平安过去；倒是那华家岭，有点讨厌。这里没有弯弯曲曲的盘道，路面也平整宽阔，路基虽是黄土的，似乎也还结实，有坡，然而既不在弯道上，且不陡；倘在风和日丽之天，过华家岭原亦不难，然而正因为风和日丽不常有，于是成问题了。华家岭上是经常天气恶劣的。这是高原上一条山岗，拔海五六千尺，从兰州出发时人们穿夹衣，到这里就得穿棉衣，——不，简直得穿皮衣。六七月的时候，这里还常常下雪，有时，上午还是好太阳，下午突然雨雪霏霏了，下雪后，那黄土作基的公路，便给你颜色看，泞滑还是小事，最难对付的是"陷"，——后轮陷下去，成了一条槽，开上"头挡排"，引擎是呜——胡胡地痛苦地呻吟，费油自不必说，但后轮切不着地面，只在悬空飞转。这时候，只有一个前途：进退两难。

四〇年的五月中旬，一个晴朗的早晨，天气颇热，人们都穿单衣，从兰州车站开出五辆客车，其中一辆是新的篷车，站役称之为"专车"；其实车固为某"专"人而开，车中客却也有够不上"专"的。条件优良，果然下午三时许就到了华家岭车站。这时岭上彤云密布，寒风刺骨，疏疏落落下着几点雨。因为这不是普通客车，该走呢，或停留，车中客可以自择。但是意见分歧起来了：主张赶路的，为的恐怕天变，——由雨变成雪；主张停留过宿的，为的天已经下雨了，路上也许麻烦，而华家岭到底是个"宿站"。结果，留下来。那一天的雨，到黄昏时光果然大了些，有檐溜了。

天黑以前，另外的四辆客车也陆续到了，都停留下来。五辆车子一百多客人把一个"华家岭招待所"挤得满坑满谷，当天晚上就打饥荒，菜不够，米不够，甚至水也用完，险些儿开不出饭来。可是第二天早起一看，糟了，一个银白世界，雪有半尺厚，穿了皮衣还是发抖。旅客们都慌了，因为照例华家岭一下雪，三五天七八天能不能走，都没准儿，而问题还不在能不能走，却在有没有吃的喝的。华家岭车站与招待所孤悬岭上，离最近的小村有二十多里，柴呀，米呀，菜蔬呀，通常是往三十里以外去买的，甚至喝的用的水，也得走十多里路，在岭下山谷挑来。招待所已经宣告：今天午饭不一定能开，采办柴米蔬菜的人一早就出发了，目的地是那最近的小村，但什么时候能回来，回来时有没有东西，都毫无把握云云。

雪早停了，有风，却不怎样大。采办员并没空手回来，一点钟左右居然开饭。两点钟时，有人出去探了路，据说雪已消了一半，路还不见得怎样烂，于是"专车"的"专人"们就主张出发："要是明天再下雪，怎么办？"华家岭的天气是没有准儿的。司机没法，只得"同意"，三点钟光景，车出了站。

爬过了一个坡以后，天又飘起雪来。"怎么办呢？""还是赶路吧！新车，机器好，不怕！"于是再走。但是车轮打滑了。停车，带上链子，费去半小时。这其间，雪却下大了，本来已经斑驳的路面，这时又全白了，不过还希望冲出这风雪范围，——因为据说往往岭上是凄迷风雪，岭下却是炎炎烈日。然而带上链子的车轮还是打滑，而且又"陷"起来。雪愈来愈大，时光也已四点半；车像醉汉，而前面还有几个坡。司机宣告："不能走了，只有回去。"看路旁的里程碑，原来只走了十多公里。回去还赶得上吃夜饭。

可是车子在掉头的时候，不知怎样一滑，一对后轮搁浅在路沟里，再也不能动了，于是救济的程序一件一件开始：首先是旅客都下车，开上"头挡排"企图自力更生，这不成功；仍开"头挡排"，旅客帮着推，引擎呜呜地叫，后轮是动的，然而反把湿透的黄土搅成两道沟，轮子完全悬空起来，车子是纹丝儿也没动。路旁有预备改造路基用的碎石堆，于是大家抓起碎石来，拿到车下，企图填满那后轮搅起来的两道沟；有人又到两里路外的老百姓家里借来了两把铲，从车后钢板下一铲一铲去掘湿土，以便后轮可以着地；这也无效时，铲的工作转到前面来。司机和助理员（他是高中毕业生）都躺在地下，在泥泞里奋斗。旅客们身上全是雪，扑去又积厚，天却渐渐黑下来了，大家又冷又饿。最后，助理员和两个旅客出发，赶回站去呼救，其余的旅客们再上车，准备万一救济车不来时，就在车上过夜。

这时四野茫茫，没有一个人影，只见鹅毛似的雪片，漫天飞舞而已。华家岭的厉害，算是领教过了。全车从司机到旅客二十八人，自搁浅当时起，嚷着，跑着，推着，铲着，什么方法都想到，也都试了，结果还是风雪和黄土占了胜利。不过尚有一着，没人想到；原来车里有一位准"活佛"的大师，不知那顽强的自然和机械肯听他法力的指挥否。大师始终默坐在那里掐着数珠，态度是沉着而神妙的。

救济车终于来了，车上有工程师，有工人，名副其实的一支生力军。公路上扬起了更多的人声，工作开始。铲土，衬木板，带上铁丝缆，开足了引擎，拉，推，但是湿透了的黄土是顽强而带韧性的，依然无可奈何。最后的办法，人和行李都搬上了救济车，回了招待所。助理员带了铺盖来，他守在那搁浅的客车里过夜。

这一场大雪到第二天早晨还没停止，车站里接到情报，知道东西两路为了华家岭的风雪而压积的车辆不下四五十乘，静宁那边的客人也在着急，静宁站上不断地打电话问华家岭车站："你们这边路烂得怎样？明天好走么？……呀，雪还没停么？……"有经验的旅客估计这雪不会马上停止，困守在华家岭至少要一个星期。人们对招待所的职员打听："米够么？柴还够么？你们赶快去办呀！"有几个女客从箱子角里找出材料来缝小孩子的罩衫了。

但是当天下午雪停，太阳出来了。"明天能走么？"性急的旅客找到司机探询。司机冷然摇头："融雪啦！更糟！"不过有经验的旅客却又宽慰道："只要刮风。一天的风，路就燥了。"

果然天从人愿，第二天早上有太阳又有风，十点光景有人去探路，回来说："坡这边还好，坡那边，可不知道。"十一点半光景，搁浅在路旁的那辆"专车"居然开回来了，下午出发的声浪，激荡在招待所的每个角落。两点钟左右，居然又出发了。有人透了口气说："这回只住了三天，真是怪！"

沿途看见公路两旁斑斑驳驳，残雪未消；有些向阳的地方还是一片纯白。车行了一小时以后，车里的人把皮衣脱去，又一小时，连棉的也好像穿不住了。

秦岭之夜

　　下午三点钟出发，才开出十多公里，车就抛了锚。一个轮胎泄了气了。车上有二十三人。行李倒不多，但是装有商货（依照去年颁布的政令，凡南行的军车，必须携带货物，公家的或商家的，否则不准通行），两吨重的棉花。机器是好的，无奈载重逾额，轮胎又是旧的。

　　于是有组织的行动开始了。打千斤杠的，卸预备胎打气的，同时工作起来。泄气的轮胎从车上取下来了，可是要卸除那压住了橡皮外胎的钢箍可费了事了。绰号是"黑人牙膏"的司机一手能举五百斤，是一条好汉，差不多二十分钟，才把那钢箍的倔强性克服下来。

　　车又开动了，上坡，"黑人牙膏"两只蒲扇手把得定定的，开上头挡排，汽车吱吱地苦呻，"黑人牙膏"操着不很圆润的国语说："车太重了呀！"秦岭上还有积雪，秦岭的层峦叠嶂像永无止境似的。车吱吱地急叫，在爬。然而暝色已经从山谷中上来。忽然车停了，"黑人牙膏"跳下车去，俯首听了听，又检查机器，糟糕，另一轮胎也在泄气了，机器有点故障。"怎么了呀？"押车副官问，也跳了下来。"黑人牙膏"摇头道："不行呀！可是不要紧，勉强还能走，上了坡再说。""能修么？""能！"

挨到了秦岭最高处时，一轮满月，已经在头顶了。这里有两家面店，还有三五间未完工的草屋，好了，食宿都不成问题了，于是车就停下来。

第一件事是把全体的人，来一个临时部署：找宿处并加以分配，——这是一班；卸行李，——又一班；先去吃饭，——那是第三班。

未完成的草房，作为临时旅馆，说不上有门窗，幸而屋顶已经盖了草。但地下潮而且冷，秦岭最高处已近雪线。幸而有草，那大概是盖房顶余下来的。于是垫起草来，再摊开铺盖。没有风，但冷空气刺在脸上，就像风似的。月光非常晶莹，远望群山骈列，都在脚下。

二十三人中，有六个女的。车得漏夜修，需要人帮忙。车停在这样的旷野，也需得有人彻夜放哨。于是再来一个临时部署。帮忙修车，五六个人尽够了；放哨每班二人，两小时一班，全夜共四班。都派定了，中间没有女同志。但是W和H要求加入。结果，加了一班哨。先去睡觉的人，把皮大衣借给放哨的。

跟小面店里买了两块钱的木柴，烧起一个大火堆。修车的工作就在火堆的光亮下开始了。原来的各组组长又分别通知："睡觉的尽管睡觉，可不要脱衣服！"但即使不是为了预防意外，在这秦岭顶上脱了衣服过夜，而且是在那样的草房里，也不是人人能够支持的；空气使人鼻子里老是作辣，温度无疑是在零下。

躺在草房里朝外看，月光落在公路上，跟霜一般，天空是一片深蓝，眨眼的星星，亮得奇怪。修车的同志们有说有笑，夹着工作的声音，隐隐传来。可不知什么时候了，公路上还有赶着大车和牲口的老百姓断断续续经过。鸣鞭的清脆声浪，有时简直像枪响。月光下有一个人影从草房前走过，一会儿，又走回来：这是放哨的。

"呵，自有秦岭以来，曾有过这样的一群人在这里过夜否？"思绪奔凑，万感交集，眼睛有点润湿了，——也许受了冷空气的刺激，脸上是堆着微笑的。

咚咚的声音，隐约可闻；这是把轮胎打了气，用锤子敲着，从声音去辨别气有没有足够。于是眼前又显现出两位短小精悍的青年，——曾经是锦衣玉食的青年，不过一路上你看他们是那样活泼而快活！

在咚咚声中，有些人是进了睡乡了，但有些人却又起来，——放哨的在换班。天明之前的冷是彻骨的。……不知那火堆还有没有火？

朦胧中听得人声，猛睁眼，辨出草房外公路上已不是月光而是曙色的时候，便有女同志的清朗的笑声愈来愈近了。火堆旁围满了人，木柴还没有烧完。行李放上车了。司机座前的玻璃窗上，冰花结成了美丽的图案。火堆上正烧着一罐水。滚热的毛巾揩拭玻璃上的冰花，然而随揩随又冻结。"黑人牙膏"和押车副官交替着摇车，可是车不动，汽油也冻了。

呵呵！秦岭之夜竟有这么冷呢！这时候，大家方始知道昨夜是在零下几度过去的。这发见似乎很有回味，于是在热闹的笑语中弄了草来烘汽车的引擎。

贵阳巡礼

二十七年春，从长沙疏散到贵阳去的一位太太写信给在汉口的亲戚说："贵阳是出人意外的小，只有一条街，货物缺乏，要一样，没有两样。来了个把月，老找不到菜场。后来本地人对我说：菜场就在你的大门外呀，怎么说没有。这可怪了，在哪里，怎么我看不到。我请人带我去。他指着大门外一些小担贩说，这不是么！哦，我这才明白了。沿街多了几副小担的地方，就是菜场！我从没见过一个称为省城的一省首善之区，竟会这样小的！那不是城，简直是乡下。亲爱的，你只要想一想我们的故乡，就可以猜度到贵阳的大小。但是我们的故乡却不过是江南一小镇罢了！可爱的故乡现在已经没有了，而我却在贵阳，我的心情，你该可以想象得到罢？"

二十七年冬，这位太太又写信给在重庆的亲戚说："最近一次敌机来轰炸，把一条最热闹的街炸平了！贵阳只有这一条街！"这位江南少妇的话，也许太多点感伤。贵阳城固然不大，但到底是一省首善之区，故于土头土脑之中，别有一种不平凡气象。例如城中曾经首屈一指的老牌高等旅馆即名曰"六国"与"巴黎"，这样口气阔大的招牌就不是江南的小镇所敢僭有的。

但"六国"与"巴黎"现在也落伍了。它们那古式的门面与矮小的房间，跟近年的新建设一比，实在显得太寒伧。经过了大轰炸以后的贵阳，出落得更加时髦了。如果那位江南少妇的亲戚在三十年的春季置身于贵阳的中华路，那她的感想一定"颇佳"。不用代贵阳吹牛，今天中华南路还有三层四层的洋房，但即使大多只得二层，可是单看那"艺术化"的门面和装修（大概是什么未来派之类罢），谁还忍心说它"土头土脑"？而况还有那么的大玻璃窗。这在一个少见玻璃的重庆客人看来委实是炫耀夺目的。

如果二十七年春季贵阳市买不出什么东西，那么现在是大大不同了。现在可以说，"要什么，有什么"。——但以有关衣食两者为限。而在"食"这一项下，"精神食粮"当然除外。三家新书店在一夜间被封了以后，文化市场的空气更形凄凉。

电影院的内部虽然还不够讲究，但那门面堪称一句"富丽堂皇"，特别是装饰在大门上的百数十盏电灯，替贵阳的夜市生色不少。几家"理发厅"仿佛是这山城已经摩登到如何程度的指标。单看进进出出的主顾，你就可以明白所谓"沪港"以及"高贵化妆品"，大概一点也不虚假。顾了头，自然也得顾脚。这里有一家擦皮鞋的"公司"。堂堂然两开间的门面，十来把特制的椅子，十几位精壮的"熟练技师",武装着大大小小的有软有硬的刷子,真正的丝绒擦,黑色的、深棕浅棕色的,乃至白色的真正"宝石牌"鞋油,精神百倍地伺候那些高贵的顾客。不得不表白一句:游击式的擦鞋童子并不多。是不是受了那"公司"的影响,那可不知道。但"公司"委实想得周到,它还特设了几张椅子,特订了几份报纸,以便挨班待擦的贵客不至于无聊。

使我大为惊异的,是这西南山城里,苏浙沪气味之浓厚。在中华南北路,你时时可以听到道地的苏白甬白,乃至生硬的上海话。你可以看到有不少饭店以"苏州"或"上海"标明它的特性,有一家"综合性"的菜馆门前广告牌上还大书特书"扬州美肴"。一家点心店是清一色的"上海跑堂",专卖"挂粉汤团""绉纱馄饨",以及"重糖猪油年糕"。而在重庆屡见之"乐露春",则在贵阳也赫然存在。人们是喜欢家乡风味的,江南的理发匠、厨子、裁缝,居然"远征"到西南的一角,这和工业内迁之寥寥相比起来,应作如何感想?

"盐"的问题,在贵阳似乎日渐在增加重量。运输公司既自重庆专开了不少的盐车,公路上亦常见各式的人力小车满装食盐,成群结队而过。穿蓝布长衫的老百姓肩上一扁担,扁担两端各放黝黑的石块似的东西,用麻布包好,或仅用绳扎住;这石块似的东西也是盐。这样的贩运者也绵延于川黔路上。贵阳有"食盐官销处",购者成市;官价每市斤在两天之内由一元四涨至一元八角七分。然而这还是官价，换言之，即较市价为平。

贵阳市上常见有苗民和彝民。多褶裙、赤脚、打裹腿的他们，和旗袍、高跟鞋出现在一条马路上，便叫人想起中国问题之复杂与广深。所谓"雄精器皿"又是贵阳市上一特点。"雄精"者，原形雄黄而已；雕作佛像以及花卉、鱼鸟、如意等形，其实并无作器皿者。店面都十分简陋，但仿单上却说得惊人："查雄精一物，本为吾黔特产矿质，世界各国及各行省，皆未有此发现，其名贵自不待言；据本草所载，若随身久带，能轻身避邪，安胎保产，女转男胎，其他预防瘴气，扑杀毒蛇毒虫，尤为能事"云云。

所谓"铜像台"就是周西成[①]的铜像，在贵阳市中心，算是城中最热闹，也最"气概轩昂"的所在。据说贵州之有汽车，周西成实开纪元；当时周"经营"全省马路，以省城为起点，故购得汽车后，由大帮民夫翻山爬岭抬到贵阳，然后放它在路上走，这恐怕也是中国"兴行汽车史"上一段笑话罢。

铜像台四周的街道显然吃过炸弹，至今犹见断垣败壁。

---

① 周西成（1893—1929），贵州桐梓人。一九二七年至一九二九年间任国民党政府贵州省政府主席。

"天府之国"的意义

从天空俯瞰，四川好像一块五色的地毯；黔、滇、陕等邻省，绿已经不多，黄色占了压倒的优势，然而尚有嫩黄与土黄之别。几乎纯一色土黄的，乃是甘肃；兰州以西，在千米的高空看来，宛像一笼挤得很紧的土面粉的馒头；然而土面粉的馒头，色虽焦黄，尚有光泽。武威、张掖一带，平畴万顷，而在冬季，亦复一望土黄，了无杂色。西北的房屋，一般都用土盖顶，墙垣亦无用白垩者，这也增加了漫漫一色的单调。

四川的大部分，尤其是成都平原，如果用一个烂熟的形容词，就是"锦绣"。这不是一片的绿色，这是一丛一丛色彩的集团，有圆形，也有椭圆，错综相联；每一集团，又是一层一层的，橙黄、翠绿、绀青，层层相间，好像是大小不等一套彩色的盘子堆叠了起来。在这之间，时时也有赭色的圆形隆起，那又似一张大花毯上撒了几堆牛粪，从"雅"这方面看，未免煞风景，然而因此却更显得色彩的繁复。

如果你来到地面，在一道高岗上纵目四望，那你就明白了空中所见的一丛一丛色彩的集团，实际上是怎么一回事了。从你脚下那一寸土地起，层层而下，如抱如偎，全是梯田，橙黄的告诉你，稻已经熟了，翠绿和绀青则是不同种类的蔬菜，而中间又有色彩较深的，那是一簇树木；你凝眸俯瞰，梯田的环形愈下愈小了，终于在谷底，旋结成为一点，而这一点就是空中所见几个色彩的集团边缘相切的所在。你看见白烟如雾，从这辐合处冉冉而升，这是炊烟，这里有一个村庄！你又看见半山一簇树的地方还隐隐有些黑点，这是人家。也许你还能看见梯田的多彩的带环中，有亮晶晶的圆点，那是水潭。

成都平原人口的密度，大概不下于扬子江三角洲罢。但有胜于扬子江三角洲者，即这里几乎没有让一寸土闲起来。稻、麦、甘庶、菜蔬、竹林，接连着一片又一片。甚至公路路基的斜坡上也都种上菜蔬，黄花和蝶形的白花点缀得满满的。甚至田埂上两侧的斜面，也都挺立着一簇一簇的蚕豆。

泥片石的山坡，上面那已经风化成为土壤的一层，看来不过寸把厚罢，可是林林总总地挤满了农作物。被雨水浸蚀的石灰岩，在它那如枕的石骨上，但凡凹洼处有土，也都吐出新播下去的什么菜蔬的嫩苗来，这有点像是玩意儿了，但是在一块多钱一斤菜的战时物价的今日，这哪里是玩意儿呢？

地理书会告诉你，这"天府之国"出产些什么，它地下的蕴藏有些什么，有几多；这都不是我的事，我这里只不过随便描几笔"风景"，或者也可以看出一点这个"天府之国"的意义了罢？或者有人会觉得四川的农民是有福的，——那我可不知道，我只记起了一件小事，一个抬"滑竿"的诉苦道："地里出的东西贵了么？哪里赶得上穿的用的！再说，押银也加了，租谷也加了，军粮该摊多少，还不是听凭保甲长随口乱说。剩下来的，自己吃也还不够呢！要是种地有好处，谁还来抬滑竿？"

谁有统计数字，知道四川的土地究竟有百分之几是在自耕农手里？

但是一个四川朋友却确实说过："这年头儿，连小地主也在破产，朝没落的方向走，更何论自耕农呢！"

大地山河

　　住在西北高原的人们，不能想象江南太湖区域所谓"水乡"的居民的生涯；所谓"暮春三月，江南草长，杂花生树，群莺乱飞"，也还不是江南"水乡"的风光。缺少那交错密布的水道的西北高原的居民，听说人家的后门外就是河，站在后门口（那就是水阁的门），可以用吊桶打水，午夜梦回，可以听得橹声欸乃，飘然而过，总有点难以构成形象的罢？

　　没有到过西北——或者就是豫北陕南罢，——如果只看地图，大概总以为那些在普通地图上有名有目的河流，至少比江南"水乡"那些不见于普通地图上的"港"呀，"汊"呀，要大得多罢？至少总以为这些河终年汤汤，可以行舟的罢？有一个朋友曾到开封，那时正值冬季，他站在堤上，却还不知道他脚下所站的，就是有名的黄河堤岸；他向下视，只见有几股细水，在淤黄泥沙中流着，他还问："黄河在哪里？"却不知这几股细水，就是黄河！原来黄河在水浅季节，就是几股细水！

大凡在地图上有名有目的西北的河，到了冬季水浅，就是和江南的沟渠一样的东西，摆几块石头在浅处，是可以徒涉的。

乌鲁木齐河，那也是鼎鼎大名的；然而当我看见马车涉河而过的时候，我惊讶于这就是乌鲁木齐河！学生们卷起裤管，就徒涉了延水的事，如果不是亲见，也觉得可惊，因为延水在地图上也是有名有目的呀！

但是当夏季涨水的当儿，这些河却也实在威风。延水一次上流涨水，把"女大"①用以系住浮桥的一块几万斤重的大石头冲走了十多丈路。

光是从天空飞过，你不能具体的了解所谓"西北高原"的意义。光是从地上走过，你了解得也许具体些，然而还不够"概括"（恕我借用这两个字）。

你从客机的高度仪的指针上看出你是在海拔三千多公尺以上了，然而你从玻璃窗向下看，嘿，城郭市廛，历历在目，多清楚！那时你会恍然于下边是高原了。但在你还得在地上走过，然后你这认识才能够补足。

你会不相信你不是在平地上。可不是一望平畴，麦浪起伏？可是你再极目远望，那边天际一道连山，不也是和你脚下的"平地"是并列的么？有时你还觉得它比你脚下的低呢！要是凑巧，你的车

---

① 女大，即延安中国女子大学，一九三九年成立，一九四一年九月并入延安大学。

子到了这么一个"土腰",下面是万丈断崖,而这万丈断崖也还是中间阶段而已,那时你大概才切实地明白了高原之所以为高原了罢?

这也不是平空可以想象的。

谢家的哥哥以"撒盐"比拟下雪,他的妹妹说,"未若柳絮因风舞",自来都认为后者佳胜。自然,"柳絮因风舞",多么清灵俊逸;但这是江南的雪景。如果说北方,那么谢家哥哥的比拟实在也没有错。当然也有下大朵的时候,那也是"柳絮"了,不过,"撒盐"时居多。

积在地上,你穿了长毡靴走过,那煞煞的响声,那颇有燥感的粉末,就会完全构成了"盐"的印象。要是在大野,一望皆白,平常多坎陷与浮土的道路,此时成为砥平而坚实,单马曳的雪橇轻溜溜地滑过,那时你真觉得心境清凉,——而实在,空气也清洁得好像滤过。

我曾在戈壁中远远看见一片白,颇惊讶于五月有雪,后来才知道这是盐池!